KB246148

DREAM WALKER
드림워커

FUSION FANTASTIC STORY

김현우 퓨전 판타지 소설

드림워커 10

김현우 퓨전 판타지 소설

초판 1쇄 찍은 날 § 2012년 7월 13일
초판 1쇄 펴낸 날 § 2012년 7월 19일

지은이 § 김현우
펴낸이 § 서경석

편집부장 § 권태완
편집책임 § 어정원
디자인 § 이혜정

펴낸곳 § 도서출판 청어람
등록번호 § 제1081-1-89호
등록일자 § 1999. 5. 31
어람번호 § 제1-1422호

주소 § 경기도 부천시 원미구 심곡2동 163-2 서경B/D 3F (우) 420—822
전화 § 032-656-4452 팩스 § 032-656-4453
http://www.chungeoram.com
E-mail § chungeorambook@daum.net

ⓒ 김현우, 2012

ISBN 978-89-251-2937-2 04810
ISBN 978-89-251-2780-4 (세트)

10
[완결]
김현우 퓨전 판타지 소설
FUSION FANTASTIC STORY
DREAM WALKER
드림워커
청람

CONTENTS

제
1
장

드
림
워
커
의

자
격

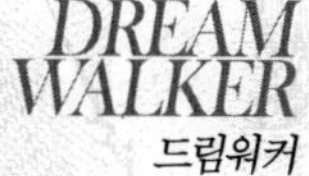

　드래곤의 존재감이 방안을 휘감는다. 거미가 먹이를 실로 꽁꽁 옭아맨 것처럼 유델은 칼리오스 앞에서 어떠한 반항도 할 수 없었다.

　차갑게 가라앉은 눈빛이 그를 휩쓸었다. 싸늘하게 가라앉은 음성이 유델의 귓가를 파고들었다.

　"잘도 날 속였군."

　"……"

　유델의 머릿속은 혼란스러웠다. 그가 어떤 방법으로 자신이 꿈과 현실을 오가는 걸 알아차렸는지 알 길이 없었던 것이다. 하지만 한 가지만큼은 확실했다, 자신의 이 방법이 그에게 화를 불러일으켰다는 것을.

칼리오스가 발산하는 기세가 점점 더 강렬해지는 가운데,
유델이 힘겹게 입을 열었다.

"먼저… 기세를 풀어주지 않겠습니까?"

"지금 내게 그런 말을 지껄일 자격이 있다고 생각하나? 그
동안 내가 너무 관대했나 보군."

"일단 말씀드릴 것이 있습니다."

유델이 표정 하나 흐트러지지 않은 채 자기주장을 하는 모
습을 묵묵히 지켜보던 칼리오스는 존재감을 지웠다. 전신을
짓누르던 것이 한순간 진공 상태로 변하는 느낌과 함께 자유
가 찾아오자 가볍게 숨을 골랐다.

"일단 의도적으로 말하지 않은 게 아닙니다."

"무슨 뜻이냐."

"저도 이 방법이 제가 있는 세계로 돌아갈 수 있는 것인지
몰랐습니다."

유델은 솔직하게 자신의 생각을 털어놓았다. 마나연공법
을 수련하다가 문득 현실과 꿈의 세계를 오가는 방법에 대해
의문을 느끼게 되었고, 자신이 현실에서 이곳으로 넘어온 방
법을 적용시키니 실마리가 보였다는 것. 그것이 효과를 볼 수
있는지 입증이 되지 않았기에 그에게 언급하지 않았다는 내
용 등이었다.

"……."

묵묵히 이야기를 듣고 있던 칼리오스는 작게 고개를 끄덕였다. 그의 말은 가져다 붙이기 나름이었지만 자신이 알고 있는 방법과 다른 방법을 알아냈다는 사실은 사소한 것을 넘어가게 해주었다.

"그 방법을 말해보도록."

"제가 현실과 꿈을 넘나들 수 있었던 이유는 꿈입니다."

"꿈?"

"자세한 원리에 대해서는 잘 모르고 있습니다. 다만 제가 현실에서 이곳으로 넘어올 수 있었던 것은 꿈이 매개체가 되었습니다."

"꿈이라."

유델은 자신이 확신한 부분에 대해서만 설명하기 시작했다. 루시드 드림이란 자각몽을 통해 자신이 원하는 바를 염원하니 일부분이 이루어졌다는 것. 그리고 꿈의 세계에서 루시드 드림을 통해 현실로 돌아갈 수 있다는 점까지. 그 부분에 대해서는 그 또한 궁금한 점이 많았기에 솔직한 자신의 의문을 드러냈다.

"아직 잘 모르겠습니다만, 이곳과 달리 현실로 돌아가면 극히 짧은 시간 동안 머물 수 있게 되었습니다."

유델은 일부러 기껏해야 찰나의 순간이었다는 것만 언급했다. 오랜 시간 머물렀다는 것을 언급하면 칼리오스를 설득하는 것보다 분노를 끌어낼 수 있다는 걸 깨달아서이다.

하지만 그가 간과한 것이 있으니, 고위 생명체인 드래곤은 인간보다 훨씬 상위의 지능을 가진 존재였던 것이다. 티를 내지는 않았지만, 그는 찰나의 순간 유델의 말에 여러 가지 구멍이 존재하는 걸 파악했다. 겉으로 드러내지 않은 것은 새로운 방법에 호기심을 느껴서이다.

"그렇군."

"칼리오스 님이 알고 계신 것과 다른 방법인만큼 도움이 되지 않겠습니까?"

"그럴 수도 있고 아닐 수도 있겠군."

"무슨 뜻입니까?"

애매모호한 태도에 불안함을 느낀 유델이 묻자 그는 대수롭지 않게 대답했다.

"간단하다. 드래곤은 꿈을 꾸지 않는다."

"아……."

그 사실을 몰랐던 유델의 입에서 나지막한 소리가 흘러나왔다. 루시드 드림은 꿈을 전제로 한 방법이다. 꿈을 꾸지 않으면 애초에 루시드 드림을 시도할 수 없으니 자신의 방법은 무용지물이라는 점이었다.

하지만 칼리오스는 유델이 제시한 방법을 반대로 생각했다.

"꿈의 염원으로 세계를 오간다? 육체를 벗어난 영혼은 공간의 제약이 사라진다는 건가. 하지만 차원과 차원의 벽을 넘기에는 인간의 영혼은 너무나 약하다. 그렇다면 어떠한 원리로 가능하단 말인가."

중얼거리며 생각에 잠긴 그의 눈이 순간 섬뜩하게 빛났다.

원리를 알 수 없다면 그 원리를 알아가면 되는 것이 아니겠는가.

드래곤은 꿈을 꾸지 않는다.

아니, 너무나 완벽한 존재이기에 꿈을 꾸지 못한다고 해야 함이 옳다.

드래곤이 꿈을 꾸지 못하니 그것을 극복할 방법은 없다.

하나, 시선을 달리하면 방법은 생겨나게 마련이다.

'꿈을 꿀 수 있는 존재가 되면 되겠지.'

드래곤은 불가능하지만, 인간은 가능하다.

영혼에 관련된 마법은 이미 오래전부터 드래곤들 사이에서 연구되어온 과제. 자신의 존재를 고정한 채 혼백이 없는 육체를 조종하는 아바타는 이미 예전부터 완성된 마법 이론 중 하나였다.

칼리오스가 생각한 바는 간단했다.

드래곤이 꿈을 꾸지 못한다면 인간이 되어 꿈을 꾼다.

아바타로 삼은 인간의 감정을 고스란히 느낄 수 있기에 꿈을 꾸는 것 또한 불가능하지 않을 터.

"새로운 과제가 생겨났군."

입꼬리를 말아 올린 칼리오스의 눈이 새파랗게 빛내면서

유델에게 말했다.

"솔직하게 털어놓았으니 용서해주겠다. 다음에는 용서가 없으니 관련된 사실을 털어놓도록."

"용서해주셔서 감사합니다."

"기회는 이번이 마지막이다. 다음을 지켜보도록 하겠다."

몸을 돌린 칼리오스의 몸이 푸른 기류에 휩싸이더니 그대로 허공에 흩어졌다. 흐릿하게 남은 마나의 자취를 쫓으며 유델이 중얼거렸다.

"실수를 한 건 아니겠지?"

칼리오스가 무슨 생각을 하고 있는지 그는 결코 예상치 못했다.

한 차례 현실을 다녀온 유델은 스스로 연구에 매진하기 시작했다. 칼리오스의 도움을 받지 못했지만, 현실에 다녀왔다는 사실은 그에게 큰 힘이 되었다.

언제든지 돌아갈 수 있다는 생각은 마음가짐을 다르게 해주었다. 이제 남은 것은 제한된 시간 사이에 더 많은 마나를 모으는 것뿐이다. 유델은 마나연공법의 원리에 대해 연구하는 한편, 자신에게 주어진 일을 처리해나가기 시작했다.

현재 왕도의 상황은 어느 정도 안정을 찾아가고 있는 실정이었다.

레일리아는 슈미스트 공작가와 했던 약속을 지켜 동부 지방 일대를 영지로 하사했다. 대신, 그들이 다스리던 남부 영지는 여러 개로 나눠 이번에 큰 공을 세운 귀족들에게 나누어 주기로 했다.

단기간에 할 수 없는 일이어서 오 년의 시간을 두고 차근차근 정리해나갔다.

그러는 한편, 레일리아는 지방 귀족들을 왕도로 초대했다. 파시로브 국왕에게 선양을 받았지만, 아직 왕국 전역의 귀족들은 그녀를 왕으로 인정하고 있지 않았다. 명분은 충분했지만, 귀족들의 지지를 얻어내지 못하면 허수아비나 다름없는 자리에 불과했다. 탈리스 후작가와 슈미스트 공작가의 지지를 받고 있지만 그것이 영원할 리 없고, 힘으로 억누르는 것은 좋지 못했다.

그 가운데 가장 한가한 것은 유델이었다.

혁혁한 전공을 세웠지만, 그는 정치적인 개입을 최대한 자제했다. 개인의 성향에 맞지 않는 것도 있지만, 자신의 존재가 레일리아에게 번번이 드러나는 것을 원하지 않았다.

그 또한 그녀와 함께하는 자리가 즐거웠다. 하지만 그녀와 자꾸 가까이하면 엘리나에게 면목이 서질 않았다.

이러한 정치와 멀리하는 모습은 기사들에게 큰 감탄을 자아냈다.

그들이 본 유델의 모습은 권력에 초연한 기사 본연의 모습이었다. 그로서는 현실로 돌아가기 위해 수련에 몰두할 시간이 필요했지만, 이미 젊은 나이로 최강의 반열에 들어선 유델이었기에 기사들 사이에서 그의 존경심은 하늘을 찌르고 있었다.

기사들 사이에서 유델은 존경의 대상이었지만, 그보다 더 큰 영향력을 발휘하는 것은 백성들 사이에서였다.

왕도 백성들은 잘 알고 있다. 십여 년 전 빛나는 재능으로 열다섯의 나이에 엑스퍼트 경지에 올라 주변 일대를 발칵 뒤집어놓은 것을.

당시 그는 사냥꾼 출신의 평민이었다. 그런 그가 십 년 후 마스터에 오르고 정식 귀족이 된 것은 그들에게 새로운 희망을 품게 했다.

수많은 사람이 그의 저택으로 몰려들었다. 대부분 기사가 되겠다고 찾아온 아이들이었다. 그 숫자가 하루가 다르게 늘어나고 있었기에 수련에 몰두하던 유델의 집중을 방해할 정도였다.

"결정을 내려주셔야 합니다."

"이거 참."

집사의 채근에 유델은 입맛을 다셨다. 설마하니 이 정도일 줄은 그조차도 알지 못했다.

"누군가를 가르친다는 것은 생각도 안 해봤는데."

솔직한 마음이었다. 남들은 최강이라 추켜세워 주지만, 아직 갈 길이 멀다는 것이 그의 생각이었다. 앞날을 장담하기 힘든데 누가 누구를 가르친단 말인가.

좋게 말해 돌려보내라고 명령하려던 그의 입은 먼 곳에서 흘러나온 엘리나의 음성에 가로막히고 말았다.

"그러지 마시고 한 번 가르쳐보는 건 어때요?"

"무슨 뜻이야?"

"아직 젊지만, 유델 경은 기사들 사이에서 존경받고 있는 기사예요. 앞으로 작위도 더 높아질 거고 이런 경향은 더 심해질 테죠. 그러니 앞날을 위해 가르침을 베풀어보는 건 어떤가요?"

"으음."

엘리나의 권유에도 불구하고 유델은 침음을 삼키며 선뜻 결정을 내리지 못했다. 누군가를 가르침으로 인해 자신의 수련에 방해가 되는 것을 원치 않는 기색이었다.

그를 바라보며 엘리나는 계속해서 권유했다.

"나쁘게만 생각할 문제가 아니에요. 유델 경이 무엇으로 고민하고 있는지 잘 모르지만, 가르치면서 얻는 것도 있다고 해요. 너무 높은 곳만 바라보지 말고 가끔은 아래를 살피는 것도 어떨까요?"

그녀의 말은 이치에 합당했고 누구나 다 수긍할 수 있는 내용이었다.

유델은 자신의 생각이 너무 앞서나갔다는 것을 깨달았다. 누군가를 가르치는 것은 시간을 낭비하는 것이 아니라 그동안 자신이 얻은 것을 재점검하는 의미로 쓰이기도 한다.

아무리 자신이 되짚어보려고 해도 가르치는 무게와는 다르다.

그의 마음이 한쪽으로 기울어질 무렵, 엘리나의 결정적인 말이 흘러나왔다.

"언니도 유델 경이 세력을 확장하길 바라고 계세요."

"그게 무슨 뜻이야?"

"언니의 자리를 공고히 하려면 가문의 힘이 강해져야 해요. 가문 자체의 전력을 증강하면 다른 귀족들의 경계심을 끌어 올리겠지만, 유델 경은 달라요. 큰 공을 세우고 승작이 확실하죠. 그에 걸맞은 전력을 양성하는 걸 뭐라 할 귀족은 없어요. 언니는 유델 경이 가문을 위해 앞으로도 큰 힘이 되어주길 바라고 계세요."

"그렇군."

레일리아가 바라는 바가 무엇인지 깨달은 유델이 고개를 끄덕였다. 그러면서 생각한 것은 자신이 결심을 굳힌 건 그녀의 말 때문이 아니라는 점이었다. 문득 엘리나의 표정을 살핀 그는 흠칫하며 말했다.

"이것만은 알아둬."

"네?"

"내가 결정을 내린 건 공작 전하가 아닌 엘리나의 설득이 내 마음을 움직여서야. 가르침을 베풂으로써 내가 지닌 것을 되돌아본다는 것. 아주 멋진 말이야. 엘리나의 말은 내가 부족한 점을 깨닫게 해주는군."

유델의 시선이 집사에게 향했다. 사방에서 모여든 백성들을 어떻게 돌려보내야 할지 난감해하던 그는 긍정적인 방향으로 상황이 진행되자 표정이 한결 밝아져 있었다.

"크리스탈 기사단을 불러 자질을 시험해보도록. 단, 자질이 떨어지는 자는 받아들이지 않는다."

전력을 키우되 덩치는 심하게 부풀릴 생각이 없었다. 가르침을 소화하고 올바른 일에 힘을 사용할 수 있는 이라면 그 숫자가 얼마가 되든지 받아들일 생각이었다.

단, 그 기준에 부합하는 아이가 없을 테지만.

"알겠습니다."

고개를 숙인 집사가 자리를 벗어났다. 연무장에 둘만 남게 되자 엘리나는 환한 미소를 지은 채 유델에게 말했다.

"도움이 되었다면 기뻐요."

그녀의 기쁨은 레일리아의 말이 아닌 자신의 설득으로 마음을 움직인 부분에서였다.

"천만의 말씀."

미소 지은 유델이 부드럽게 그녀를 안아주었다.

점령한 영토를 공적에 따라 고르게 분배하면서 수면 위로 떠오르던 신경전이 가라앉았지만, 소강상태는 오래 지나지 않았다.

랜필드 왕국에 이어 아슬론 왕국의 군대가 국경으로 진군함에 따라 레일리아의 시선이 온통 그곳으로 집중되기 시작한 것이다.

가신들은 연일 그녀에게 권했다.

"왕위에 오르셔야 합니다."

"혼란스러운 지금, 왕국에 확실한 통치자가 있어야 합니다."

"공작 전하! 왕위를 이어받으시옵소서!"

파시로브 국왕에게 선양을 받음으로써 국왕의 자리에 오를 자격을 갖춘 레일리아였지만, 타국의 침공에 대비하고 있는 지금, 즉위식을 거행하기에는 여러모로 부담이 따랐다. 하여 그녀는 국왕으로 즉위하는 것을 전쟁이 끝난 후로 공언해 놓은 상황이었다.

하지만 가신들의 생각은 달랐다.

국경을 방어하고 있는 것은 가문과 라이오스 지방의 군대였다. 국경에서 충돌하여 전력에 누수가 생기면 호시탐탐 기회를 노리는 두 가문이 어떻게 나올지 감히 상상하기 힘들었다.

현재 왕도의 정계는 세 갈래로 나뉘어 치열한 대립을 펼치고 있었다. 아르셀 공작가, 슈미스트 공작가, 탈리스 후작가 출신으로 이루어진 가신들은 조금이라도 더 많은 권력을 쥐기 위해 이전투구를 벌이고 있는 실정이었다.

"이미 공언한 대로에요. 그런 일은 없을 겁니다."

"공작 전하!"

"도리어 그대들의 의도가 궁금해지는군요. 내가 국왕의 자리에 오르는 것이 그대들에게 그토록 많은 이득을 안겨다 주던가요?"

레일리아의 표정은 싸늘하게 가라앉아 있었다.

권력의 정점에 올랐지만, 그녀는 하루가 다르게 실망을 느끼고 있었다.

모든 권한을 잃고 순응하던 가신들은 전쟁의 승리 이후 막대한 이권을 얻으면서 서서히 바뀌기 시작했다. 여전히 입으로는 가문을 위하지만, 그 사안 하나하나가 자신의 이익을 위한 것이었다.

권력 앞에 바뀌어 가는 그들의 모습을 보면서 레일리아는 역겨움을 느꼈다.

이 어찌나 표리부동한 모습이란 말인가.

자신의 이익을 바람에도 불구하고 모든 것이 가문의 영광을 위한 거라 포장하는 그들의 가증스러운 행태에 치가 떨릴 지경이었다.

"……"

그녀의 일갈에 가신들은 입을 다물고 말았다. 이토록 노골적이고 직접적으로 언급할 줄은 그들조차도 예상치 못한 것이다.

더 이상 그들의 모습을 보기 싫었던 레일리아가 눈살을 찌푸리며 말했다.

"불필요한 이야기를 더 듣고 싶지 않네요. 더 이 자리에 있으면 내가 어떻게 변할지 모르니 돌아가 각자의 업무에 충실하도록 하세요. 내가 그대들만큼은 좀 더 세심하게 살피겠어요."

"예? 예! 쉬, 쉬십시오!"

"물러가 보겠습니다."

세심히 살피겠다는 말에 금세 사색이 되어 물러나는 가신들이었다.

그들의 뒷모습을 쫓던 레일리아는 머리를 짚으며 몸을 축 늘어뜨렸다.

"…하여, 자질있는 아이들을 총 삼백여 명 가까이 선발하게 되었습니다."

"하아?"

황당함이 가득한 목소리가 입을 비집고 흘러나왔다. 어이없는 표정을 짓고 있는 그를 보면서 크리스탈 기사단장이 된 페트로가 입꼬리를 말아 올렸다.

"주군의 위명이 얼마나 대단한지 나타내는 현주소입니다."

“이 정도나 모일 줄은 몰랐는데.”

“그만큼 주군의 신위에 탄복한 이가 많다는 뜻입니다. 실제로 기사가 되고자 모여든 아이들의 숫자가 일만이 넘습니다. 삼백 명의 숫자는 결코 많은 것이 아닙니다.”

로델은 차분하게 자신의 생각을 털어놓았다. 자세히 세어보지 않았지만, 기사를 희망한 아이들의 숫자는 일만여 명에 달했다. 조금 과장을 보태면 왕도에 거주하는 거의 모든 남자 아이들이 다녀간 것이다.

신분의 한계를 뛰어넘기 힘든 상황에서 유델의 존재는 백성의 희망이 되어주고 있었다.

“삼백 명이나 받아들여도 그들을 모두 수용할 수 없는 노릇일 텐데.”

“해서 견습기사를 선발할 생각입니다. 그리고 병사들에게 시켜 육체적인 수련을 거치도록 할 겁니다.”

로델은 삼백여 명에 달하는 아이들을 단련시킬 방안을 털어놓았다. 현재 유델의 휘하에 있는 기사의 숫자는 많지 않았기에 견습기사를 선발하고, 모여든 아이들을 훈련시킬 생각이었다.

지금 당장은 전력이 되지 않을 테지만, 체계적인 훈련을 거치면 훗날 피닉스 기사단의 아성을 넘볼 기사단이 탄생할 것이다.

“삼백 명의 견습기사를 거느리기는 힘들 텐데. 일단 추려

낼 생각이군."

"포기할 자는 포기하게 마련입니다. 그것을 염두에 두고 일을 진행할 생각입니다."

"무슨 생각인지 알겠어. 그 부분에 대해서는 로델 경에게 맡기도록 하지."

"감사합니다."

"페트로 경은 기사단을 지휘하도록 해. 가문은 앞으로 더욱 커질 테니 체계적인 지휘 수단을 확립하도록. 곧 있으면 전장으로 향할지 모르니."

북부에 대립하고 있는 상황을 전해 들었기에 그들의 표정이 굳었다.

전쟁은 죽음의 문턱이자 더 높은 곳으로 도약할 수 있는 등용의 기회이기도 했다.

유델이 이를 언급한 것은 당장의 자리에 안주하지 말고 더 높은 곳을 바라보는 것과 같았다.

"알겠습니다. 그런 의미에서 대련을 신청해도 되겠습니까?"

"저도 부탁드리겠습니다."

페트로는 엑스퍼트 최상급에 올랐고, 로델은 최상급의 경지를 바라보고 있었다.

이들이 강해질수록 기사단의 힘은 더욱 커진다. 입가에 미소를 지은 유델이 고개를 끄덕였다.

"원한다면 얼마든지."

시선을 마주친 그들이 미소를 지었다.

가문의 일이 정신없이 진행되는 가운데 마침내 선발된 삼백여 명의 기사 후보생이 한 자리에 도열했다. 표정을 딱딱하게 굳히고 뻣뻣하게 서 있는 모습 속에 여전히 미숙함이 묻어나왔지만, 의지만큼은 생생하게 전달되고 있었다.

멀리서 그 모습을 바라보던 유델은 입가에 미소를 지었다. 자신도 저럴 때가 있었던 것이다. 상황은 다르지만, 현실에서 학교를 다닐 때 종종 운동장에 모여 교장 선생님의 훈화를 들은 기억이 떠올랐다.

"내가 교장 선생님인 셈인가? 그렇다면 긴 건 좋아하지 않겠군."

네버 엔딩으로 이어지던 교장 선생님의 훈화는 두고두고 기억할 만큼 선명했다. 자신 또한 겪어보았기에 고충을 이해하고 배려하는 것이 가능했다. 걸음을 옮겨 단상 위로 올라서자 그들의 시선이 모여들기 시작했다. 느긋하게 고개를 돌리던 유델이 말문을 열었다.

"꿈을 품고 온 이들도 있고, 야망을 품고 온 이들도 있을 것이다. 난 너희의 바람을 나쁘게 생각하지 않는다."

이곳에 모인 아이들은 대부분 십 세 전후였다.

아직 사리분별이 제대로 되지 않을 나이.

그들이 이곳에 온 것은 단순한 동경 때문일 수도 있고, 야망을 품고 있어서일 수도 있다.

유델은 그러한 생각들을 나쁘게 여기지 않았다. 자신 또한 그 나이에는 꿈을 지니고 있었고, 앞을 위해 달려왔으니까.

"기사의 세계는 엄격하다. 실력으로 모든 것을 말해주지. 아마 그것을 생각하고 이곳에 왔을 것이다. 하지만 내 생각은 조금 다르다."

그 나이대에 이해하기 어려운 말이어서 아이들은 서로 바라보며 수군거렸다. 그 사이 유델의 말이 이어졌다.

"나는 그대들이 주군에게 충성하고, 약자를 보호하고, 레이디를 경애하는 기사가 되길 바란다. 두려움보다 존경 받길 바라고, 행동을 함에 있어 신념을 지녔으면 좋겠다."

성공하면 혁명, 실패하면 반란이라는 말이 있다.

유델의 행동은 불경함의 연속이었다. 하지만 그 마음속에는 가문에 대한 충성심이 있었고, 전대 아르셀 공작부터 레일리아에 이르기까지 모두 그를 이해해주었다. 그것이 가능했던 이유는 신념을 지니고 있어서라 생각했다.

"지금 내 말이 무슨 뜻인지 알기 어려울 것이다. 깊게 생각하지 않아도 된다. 내가 올바르다고 생각한 길을 너희 역시 갔으면 좋겠다고 생각했을 뿐이니까."

다시 생각했지만, 너무 어려운 말이었다. 상대를 배려한다는 것은 어려운 일이다. 말을 하다 보니 자신의 세계로 빠져

들었고, 결국 어린 아이들에게 자신의 세계를 강요하는 꼴이
되었다. 자신의 행동에 피식 웃음을 지은 유델은 짧고 간단하
게 말했다.

"최선을 다하도록."

짝짝짝!

아이들은 박수를 쳤다. 무슨 말을 하는지, 무슨 뜻인지 모
르지만, 자신들이 카르비앙 자작가에 소속되었다는 것만으로
도 기쁜 듯했다.

순진한 아이들의 모습에 미소를 지은 유델은 자리에서 내
려오며 로델에게 말했다.

"아이들을 잘 선별했군."

"선별할 게 뭐 있겠습니까. 자질 있는 아이들 중 괜찮은 애
들만 뽑았을 뿐입니다."

"그렇다면 다행이군."

당장은 인원이 부족하고 체계적이지 못해 힘이 들 수 있다.
하지만 시간이 흐르고 보완에 보완을 거듭하며 체계를 잡을
때, 비로소 명문가로 발돋움할 수 있을 터였다.

이전까지 가문의 부흥을 위해 바쁘게 움직여야 했지만, 상
황은 달라졌다.

완벽하지 않지만, 일시적으로나마 현실로 돌아갈 수 있는
방법을 찾아냈고 칼리오스와도 협력을 하고 있는 상황이었
다. 이런 중에 꿈의 세계에서 이룩해놓은 것은 유델에게 있어

포기할 수 없는 것이 되었다.

엘리나는 사랑스러운 여인이었고, 어느 순간부터인가 그녀가 없으면 안 된다는 생각이 뇌리를 지배하고 있었다. 그것이 사랑인지 정인지 정확하게 구분하지 못했지만, 한 가지만큼은 확실했다. 이곳 꿈의 세계에서 맺은 인연이 현실의 것만큼 무거워졌다는 점이다.

"명문가라."

부산스럽게 움직이는 아이들을 보며 유델은 걸음을 옮겼다.

찬란한 미래를 위한 한 발을 내딛는 셈이었다.

"…언니, 언니?"

"응? 아아, 미안."

멍한 표정을 짓고 있던 레일리아는 자신을 부르는 목소리에 정신을 차렸다. 엘리나가 걱정스러운 표정으로 바라보고 있었다.

지친 기색이 역력한 그녀를 보면서 엘리나는 걱정스러운 표정을 지었다. 복수를 했다고는 하나 모든 것이 순탄하게 풀리는 것은 없었다. 특히, 과도한 업무에 지친 레일리아의 두 눈에는 짙은 다크 서클이 드리워 있었다.

"언니, 너무 힘들어 보여."

"힘들긴, 다른 사람들도 다 그래."

"다 그렇긴 무슨. 다른 사람들은 어떻게 하면 더 콩고물을 주워 먹을지 연구나 하고 있는걸?"

"그런 소리 마."

"그런 소리 말라니! 언니는 너무 유해졌어. 아버지의 복수가 우선되어야 했지만, 지금은 다들 눈앞의 권력에 눈이 멀어 있어. 내가 봐도 꼴 보기 싫던걸?"

인상을 찡그린 엘리나가 거침없이 말했다. 정치에 전혀 관심이 없는 그녀였지만, 유델을 내조하기 위해서는 어느 정도 알아두어야 할 필요성이 있었다.

왕도는 안정되었지만, 그 속을 들여다보면 엉망진창이라 해도 과언이 아니었다.

가신들은 자신의 몫을 더 챙기기 위해 혈안이 되어 있고, 좀 더 크게 그림을 그려보면 세 가문의 가신들이 각기 이전투구를 벌이고 있는 실정이었다.

엘리나는 그 속에서 업무에 치이는 레일리아의 모습이 안쓰러웠다.

그녀가 원했다고는 하나 공작의 자리에 오른 후 행복해 보이지 않았다.

업무량은 늘어나고 믿어야 할 가신들은 실망스러운 모습을 보인다.

…거기에 그녀가 사랑하던 남자를 자신이 차지하지 않았던가.

그 부분에 대해 생각하니 미안한 감정이 속을 가득 채워나
가고 있었다.

"언니."

"응."

"주제넘은 말이지만, 한마디 해도 될까?"

"말해 봐."

"때로는 강하게 나가는 것도 좋아. 모든 게 끝난 건 아니잖
아? 지금 상황은 어떻게 보면 매우 위험하다고."

호시탐탐 영토로 진군하려는 랜필드 왕국, 아슬론 왕국의
침공 위협으로 왕도 내 아르셀 공작가의 영향력이 약화한 상
황이다.

엎친 데 덮친 격으로 다른 가문들이 수작을 부려오고, 내부
에서는 가신들이 못 미더운 모습을 보인다.

단호한 한 수가 필요하다는 것을 느끼는 엘리나였다.

"언니에게 힘이 되어줄 사람은 우리밖에 없어. 그걸 활용
하도록 해. 언니는 가문의 주인이야. 언니의 뜻을 거스르는
사람이 있어서는 안 된다고 생각해."

"……"

"주제넘었지? 미안. 하지만 언니가 이렇게 고생하고 배부
른 가신들이 이득을 챙긴다고 생각하니 참을 수가 없었어. 언
니도 그냥 넘기지 말고 한번 깊게 생각해줘."

"알았어. 걱정해줘서 고마워."

정치 부분에 전혀 모르던 엘리나가 이렇게 상세히 파악하고 조언을 하니 레일리아는 놀라운 한편, 그녀의 말속에 받아들여야 할 부분이 많다는 것을 인정할 수밖에 없었다.

믿음직하게 변한 동생의 모습은 그녀의 입가에 미소가 번지게 했다. 하지만 이어진 말에 그녀의 표정은 빠르게 지워졌다.

"응, 나와 유델 경이 언니의 힘이 되어줄 거야."

"…고마워."

좋아졌던 기분이 한순간 차갑게 가라앉는 순간이었다.

미묘하게 바뀐 그녀의 표정을 느낄 수 있었지만, 엘리나는 마음을 다잡았다.

이것으로 확신을 내릴 수 있었다.

자신의 마음이 향하는 부분, 그리고 레일리아의 마음까지.

미안함이 속을 채우고 있었지만, 애써 표정을 내색하지 않는 그녀였다.

제2장

미묘한 신경전

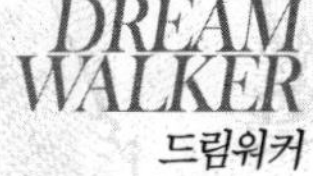

　랜필드 왕국의 진격은 계획적인 면이 많았다.

　그들은 아르셀 공작가와 왕가 사이에서 벌어질 전쟁을 전
망했다.

　전황을 팽팽하게 만들기 위해 라우조 백작은 수작을 부렸
다.

　왕위에 욕심이 많은 에를린 공주를 충동질하여 왕가 내부
를 어지럽게 만든 것이다. 중부 지방과 동부 지방 전체를 지
배하고 있는 왕가의 힘은 막강했다. 아르셀 공작가가 그들과
맞서기 위해서는 내부적인 분열에 일어나야 한다고 보았다.

　그럼에도 불구하고 전망하길, 왕가의 압도적인 우위였다.

하지만 막상 뚜껑을 열어보니 상황은 완전히 달랐다.

아르셀 공작가는 자신들뿐만 아니라 서부, 남부의 대영주들을 끌어들였다. 사방에서 진격하는 그들은 왕가의 힘을 분산시켰고, 빠른 진격을 통해 단숨에 전선을 형성할 수 있었다.

그때부터 라우조 백작은 자신의 생각과 다르게 상황이 진행되고 있다는 것을 깨달았다.

왕가는 허무할 정도로 간단하게 무너졌고, 아르셀 공작가는 진격하기 무섭게 국경 부근에 지원군을 급파했다.

아내 이야기가 아니면 늘 여유롭던 그는 미간에 주름을 잡았다.

"당했군요."

"상황을 보면 알 수 있다. 왜 당한 거지?"

"브리엘 자작의 술수가 있는 듯합니다."

"그게 전부는 아닌 것 같은데?"

록스텔 왕세자의 표정도 그리 밝지 않았다. 당장에라도 군대를 이끌고 아르셀 공작령으로 진군하고 싶었지만, 상황이 여의치 않았던 것이다.

요새에 틀어박힌 아르셀 공작가의 군대는 물경 삼만에 달하고 있었다. 뿐만 아니라 며칠 떨어진 곳에는 아슬론 왕국의 군대가 속속 모여들고 있었다.

세 국가의 군대가 대치하게 되면 어느 누구 하나 함부로 움직일 수 없게 된다. 이는 아르셀 공작가에 유리하게 작용할 것이 분명했다. 내부의 문제를 안정화시키면서 온 힘을 기울여 아르셀 공작령을 지켜낼 수 있어서이다.

"아슬론 왕국도 느꼈을 것입니다. 우리가 라이오스 지방을 차지하면 상황이 좋지 못하다는 걸."

"상황이 복잡하게 되었군."

"아마 브리엘 자작은 처음부터 이것을 예상했을 것입니다. 처음 배치해놓은 오만의 군대는 그저 시간끌기용에 불과했을 테지요."

말을 하는 입맛이 썼다. 인상을 찌푸린 라우조 백작은 하늘을 찌를 듯 높게 솟은 산을 바라보았다.

관점의 차이가 만들어낸 결과였다.

브리엘 자작은 처음부터 아르셀 공작령을 지킬 생각을 했고, 아슬론 왕국을 이용할 계획을 세웠다.

내부적인 문제를 활용하고자 한 라우조 백작은 그것을 알아차리지 못했고, 결과는 최악의 상황을 초래했다.

"아슬론 왕국군을 격파하기는 힘들다. 그것은 백작 또한 잘 알고 있을 터."

"하지만 어떠한 결과라도 내야 합니다."

"쉽지 않군, 쉽지 않아."

국경에 대기하고 있는 아슬론 왕국의 군대 속에는 십 년 원정을 견뎌낸 강군 삼만이 속해 있다. 랜필드 왕국군 또한 강하다고 하나 양국의 힘을 모두 감당할 수 있을 정도는 아니었다.

"고민해볼 문제로군. 상황이 여의치 않아."

"전하께는 면목이 없을 따름입니다."

"면목이 없다면 벌을 받아야겠지. 내 그대의 부인에게 잘 일러둘 테니 잘 해결보도록."

"……."

라우조 백작의 고개가 깊게 떨궈졌다.

알렉시온 국왕의 표정은 밝지 않았다.

지금 상황은 그의 성격과 들어맞지 않았다. 겁먹은 동물 마냥 꼬리를 말고 멈춰 있는 것이 마음에 들 리 없었다. 사납게 바뀐 그의 시선이 완고한 표정을 짓고 있는 파젠 공작에게 향했다.

"왜 이곳에 멈춰 있어야 하지?"

"승리하기 위해서입니다."

"꼬리 말은 쥐처럼 숨어 있지 않아도 나는 늘 승리했다. 공작은 나의 군대가 패배할 거라 보는가?"

"패배하지는 않겠지만, 고생을 할 것입니다. 국왕 전하 또한 이들을 잃는 걸 바라지는 않잖습니까."

"물론이다. 하지만 공작의 방법이 승리를 가져올 수 있는지 의문이 드는군."

그 눈빛이 전에 없던 살벌함을 띠고 있어 파젠 공작은 잔뜩 긴장했다. 하지만 이대로 물러날 수 없었기에 물러서지 않았다.

"지금은 기다리셔야 합니다."

"왜 기다려야 하는지 말하라."

"아군의 힘이 양측을 뛰어넘지 못하기 때문입니다."

"자세히."

"지금 섣불리 공격을 감행하게 되면 앞뒤로 포위될 가능성이 높습니다. 본국의 군대가 강병이라고 하나 이 지형에 익숙지 못합니다. 포위를 당한 뒤 보급로가 끊기면 자칫 이곳에서 전멸할 수도 있습니다."

나이가 지긋한 파젠 공작이 먼 원정을 따라온 것에는 이유가 있었다.

남부 대륙에 존재하는 세 국가 중 가장 강대한 국력을 보유한 곳이 바로 아슬론 왕국이다.

그 이유는 전적으로 교역로를 확보했기 때문이다. 하지만 국제 정세의 흐름 속에서 기세라는 것을 무시할 수 없었다. 스스로 태양왕이라 칭한 알렉시온 국왕의 업적은 놀라운 것이었지만, 한 번의 패배는 자칫 잘못하면 모든 것을 무너뜨릴 수도 있었다.

파젠 공작은 그러한 최악의 상황을 막기 위해 전쟁에 참가했다.

아니나 다를까, 그가 염려했던 것처럼 알렉시온 국왕은 무턱대고 진군할 생각을 품고 있었다.

"가로막으면 그저 무너뜨릴 뿐이다."

"국왕 전하의 용맹을 의심하는 자는 없나이다. 다만 이곳만 점령하고 끝낼 원정이 아니지 않습니까? 확실한 승리를 위해서는 기다리는 것이 필요합니다."

"……."

마음에 들지 않는 기색이 표정에서부터 역력했다. 미간을 꿈틀거리던 그는 손으로 얼굴을 감싸 쥐더니 고개를 끄덕였다. 파젠 공작의 의견을 받아들인 것이다.

"좋다, 받아들이지. 단, 확실한 승리를 가져오도록. 내 참을성이 오래가지 않는다는 것은 그대 또한 잘 알고 있을 것이다."

"물론입니다."

고개를 깊이 숙인 파젠 공작은 입가에 미소를 지었다.

그의 허락을 받아낸 이상 성공할 가능성은 몇 배로 상승했다.

아슬론 왕국의 전력은 막강했다. 그것을 자유자재로 부릴 수 있다면 승리를 쟁취하는 것은 어려운 일이 아니다.

요새 위에 선 카스트로 자작은 물끄러미 앞을 바라보았다.

아무것도 존재하지 않지만, 산너머에는 이곳을 노리는 아슬론 왕국군과 랜필드 왕국군이 존재하고 있었다. 그가 부여받은 임무는 이곳을 지켜내는 것. 이곳이 무너지면 아르셀 공작령 전체가 위험에 빠지는 만큼 막중한 임무였지만, 속이 편치 않았다.

'잘 해내고 있을는지.'

왕도의 상황은 그조차 위화감을 느낄 정도로 상황이 좋지 않았다.

그런 상황에서 전장으로 떠나야 하는 그의 마음은 좋지 못했다. 브리엘 자작이 곁에 있다고 하나 가문의 전력 대부분이 빠져나간 이상 쓸 수 있는 방법은 많지 않아서였다.

생각에 잠겨 있던 그는 가볍게 고개를 저음으로써 잡념을 털어냈다. 당장 이곳을 지켜내는 것이 가장 중요한 임무라 할 수 있었다.

"적이 움직일 기미가 보이지 않는군."

"이곳은 천혜의 요새입니다. 이곳을 지나치지 않으면 뒤통수를 맞을 수 있는 만큼 적들 또한 신중하게 작전을 수립할 것입니다."

카스트로 자작의 말을 받은 것은 카펠로 남작이었다. 그가 오기 전까지 이곳을 지휘한 그는 공을 인정받아 남작으로 승작했다.

"작전이라, 그것이 무의미하다는 것을 알고 있을 테지."

"아마 절망을 느낄 것입니다."

카펠로 남작의 음성에는 자신감이 실려 있었다. 그럴 수밖에 없는 이유가 존재했다. 이 요새는 삼백여 년 동안 단 한 번도 함락된 적 없는 요새이기 때문이다.

라이오스 지방 최북부의 이 요새는 협곡 사이에 위치한 신이 내린 지형이다. 여러 차례 침공한 랜필드 왕국군도 이곳에 병력을 배치한 뒤 아르셀 공작령으로 진군했을 정도로 적의 위협에서 안전한 곳이 이곳이었다.

카스트로 자작은 삼만의 군대를 이끌고 요새 안으로 들어가 적의 동태를 감시하고 있었다.

그는 혹시 모를 적의 기습에 대비하여 수백 명에 달하는 정찰병을 풀어 실시간으로 움직임을 확인하고 있었다. 보고를 가지고 온 기사가 예를 취했다.

"단장님을 뵈옵니다."

"적은?"

"움직일 기미가 보이지 않습니다."

"어느 순간 움직일지 모르니 방심해서는 안 될 것이다."

"예! 다만 적의 움직임이 생각보다 소극적입니다. 한 번 공격을 해보는 것이 어떻습니까?"

공격을 권유하는 기사의 기세는 강렬했다. 그 모습을 지켜보던 카펠로 남작이 눈살을 찌푸리면서 강한 어조로 말했다.

"우리가 먼저 공격하는 일은 없을 것이다, 호프만."

"왜입니까?"

"우리는 적의 영토를 원하는 것이 아니다. 지금 지닌 것을 수습하기도 바쁜 상황에서 공격을 하는 것은 좋은 선택이 아니다."

"하지만 공격이 최선의 방어라는 말이 있습니다."

"때에 따라 다른 법이지."

완고한 태도에 기사가 새삼 카스트로 자작을 바라보았지만, 그는 아무 말도 하지 않았다. 덩치 큰 기사, 호프만은 소극적인 태도가 마음에 들지 않았지만 순순히 응했다.

"예, 제가 좀 과했습니다."

"과한 것은 아니다. 다만 우리가 우선순위로 설정해야 할 것은 이곳을 지켜내는 것이다."

왕도의 상황까지 고려해야 했기에 카펠로 남작은 모험을 원치 않았다. 이것은 카스트로 자작도 마찬가지였기에 침묵으로 긍정을 표한 것이다.

"우리는 늙었다. 앞으로 네가 해야 할 일이 많을 것이다."

믿음이 담긴 눈빛에 호프만은 고개를 끄덕였다.

라이벌로 여기던 벨더스가 왕도로 진격하면서 공을 세우는 사이, 그는 이곳 요새에 배치되어 도착하지 않는 적을 기다려야만 했다.

직선적인 성격을 지닌 그에게 있어 그것은 고역과도 같았기에 카스트로 자작의 말은 한 줄기 구원처럼 다가왔다.

유델의 일상은 기사 후보생을 받아들임으로써 약간의 변화가 일어났다.

그전까지 그는 최소한의 업무를 소화한 채 수련에 몰두했다. 마나연공법을 보다 효율적으로 활용하기 위한 작업이었다. 하지만 식솔이 늘어나다 보니 해야 할 일이 늘어났다. 마나연공법을 연구하던 시간을 조금 줄이고 종종 연무장에 들러 기초 수련을 하고 있는 후보생들에게 여러 조언을 해주고는 했다.

엘리나의 말마따나 간단한 사실을 가르치는 것에 불과했지만, 깨닫는 바가 많았다.

누군가를 가르치기 위해서는 내용을 정확하게 깨닫고 있어야 한다.

유델의 경우 기연을 얻어 급진적인 실력의 발전 과정을 겪었다. 누구보다 뛰어난 실력을 지니게 되었지만, 기초에 대한 부분은 남들보다 빠른 성취를 이뤄내어 여러모로 미진한 감이 없지 않아 있었다.

이 부분을 다시 짚고 넘어가니 사소하게 여기던 것들에서 깨달음이 얻어졌다.

이러한 긍정적인 성과에 유델의 표정은 밝아졌다. 평소 무표정한 그가 미소를 짓고 있으니 자연히 저택의 분위기가 밝아지는 건 당연한 일이었다.

레일리아와 대화를 나눈 이후, 엘리나는 여러모로 마음이 불편했다.

언니는 일에 치여 이래저래 옴짝달싹 못하고 있는데, 그 모습이 마치 자신의 탓처럼 여겨졌던 것이다.

고심하던 그녀는 밝은 표정의 유델을 보고 눈치를 보다가 말을 꺼냈다.

"같이 식사하러 가요."

"밖으로 나가자고?"

"네."

"좋아. 언제 갈까?"

흔쾌히 수락하는 그의 모습에 엘리나는 살짝 놀랐지만, 유델의 입장에서 그녀의 조언을 받아들여 여러 가지를 깨달을 수 있었기에 무언가 보답을 하고 싶었다. 저녁 약속을 한 뒤, 약속된 시간에 맞춰 나가니 예쁘게 차려입은 엘리나의 모습이 눈에 들어왔다.

정확히 말하면 화려한 복장은 아니었다. 수수한 드레스에 불과했지만, 그녀의 미모가 빛을 발하여 옷이 도리어 그녀 덕을 보고 있었다.

"오늘도 예쁜걸?"

"칭찬해주면 진짜인 줄 알아요."

"진짜니까 하는 말이지. 그럼 갈까?"

"마차 말고 걸어서 가면 안 될까요?"

목적이 있어 저녁 식사를 청했지만, 막상 유델과 함께 나갈 생각을 하니 그와 함께 거리를 걷고 싶었다. 종종 그런 일이 있다 보니 잠시 멈칫하던 유델이 이내 고개를 끄덕이며 수긍했다.

"그러지."

팔짱을 낀 두 사람은 밖으로 나왔다. 왕도가 안정을 찾았다는 사실을 증명이라도 하듯 수많은 사람이 오가는 전경이 한눈에 들어왔다. 사람들의 시선은 자연스럽게 유델과 엘리나에게 집중되었다.

아름다운 그녀의 미모는 누가 보아도 시선을 사로잡을 정도로 대단했다.

귀족 커플로 보이는 두 사람의 모습에 백성들은 감탄사를 흘렸다. 유델의 외모가 비록 평범했지만, 은연중 발산되는 기세는 두 사람을 더없이 잘 어울리게끔 했다.

"어디서 먹을까?"

"고급 식당을 알아놨어요."

모든 일을 처리해놓은 믿음직한 모습에 유델은 미소 지은 채 뒤를 따랐다. 그녀가 발을 들인 곳은 귀족들이 주로 이용하는 곳이었다. 안으로 들어선 두 사람은 곧바로 위층으로 향했다. 전망이 좋고 값비싼 음식을 파는 곳일수록 높은 곳에 위치해 있었다.

가장 비싼 코스 요리를 주문한 뒤 두 사람은 천천히 식사를 시작했다.

"그럼 이야기를 들어볼까."

"네?"

"내게 할 말이 있는 거 아니었나?"

"마, 맞아요. 어떻게 아셨어요?"

엘리나는 깜짝 놀라 물었지만, 유델은 대답하지 않고 미소만 지어 보였다. 함께 한 시간이 제법 되었고, 원체 거짓말을 못하는 엘리나였기에 척하면 척이었다. 놀라는 그녀에게 짓궂은 장난을 하려고 했지만, 그 의도와 달리 표정이 어둡게 변했다.

"실은 부탁을 드리고 싶어서요."

"무슨 부탁?"

"그게 그러니까……."

머뭇거리며 말을 하려던 엘리나는 멈칫했다. 웨이터가 음식을 들고 왔던 것이다. 탁자 위에 음식을 올려놓고 멀어지자, 엘리나는 한숨을 푹 내쉬었다. 말을 하려고 해도 타이밍이 맞지 않으니 김이 팍 새어버렸다.

"일단 먹고 이야기하도록 하자."

"네. 미안해요."

"미안하긴. 심각한 이야기라도 같이 대화를 나누다 보면 모든 게 다 잘될 거야.

"고마워요."

두 사람은 묵묵히 식사를 시작했다. 밝았어야 할 분위기였지만, 뜻하지 않게 어두워졌다. 유델이 여러 이야기를 꺼내 분위기 전환을 시도했고, 그의 뜻을 알아차린 엘리나가 맞장 구침으로써 분위기는 서서히 밝게 변했다.

"하고 싶은 이야기가 뭔데?"

오붓한 식사 시간이 끝나고, 뒤이어 나온 차로 입가심을 하면서 유델이 입을 열었다. 차를 한 모금 마시며 목을 따뜻하게 데운 엘리나가 말문을 열었다.

"유델 경이 언니를 도와주셨으면 해서요."

"공작 전하를?"

순간 그의 표정이 굳었다가 빠르게 풀렸다. 그리고 의아함이 번져 나갔다. 자신은 공작가의 가신으로서 전폭적으로 협력하고 있는 실정이었다. 레일리아를 도와달라는 말이 무엇인지 쉬이 이해가 되지 않았다.

"요즘 상황이 좋지 않아요."

엘리나는 왕도에 처한 가문의 입장에 대해서 간략하게 설명했다.

내부적으로 가신들의 이권 챙기기부터 시작하여 왕도를 점령한 세 가문의 이전투구까지. 북부의 침공으로 인해 아르셀 공작가의 군대가 대거 빠져나가면서 레일리아의 상황이 좋지 못하다는 말을 덧붙였다.

"말은 안 하고 있지만, 언니가 많이 힘들어 해요."

"그렇군."

　표정을 굳힌 유델이 고개를 끄덕였다. 설마하니 그런 일이 있을 줄은 생각지도 못했다.

　왕도를 점령하고 국왕의 자리를 선양받은 것으로 모든 게 해결된 줄 알았다. 더 이상 나서는 것은 권력을 바라는 행동으로 비칠 수 있고, 레일리아와 자주 얼굴을 맞대면 힘들어질 것 같아 무의식적으로 외면하고 있었다.

　하지만 그것은 자신의 실수였던 것이다.

　그녀는 지금 어려움에 처해 있었다. 그럼에도 불구하고 자신에게 아무 말도 없었던 것은 비슷한 생각을 품고 있었기에 그런 것이리라.

　유델은 눈을 감았다. 그 모습을 보면서 엘리나의 표정이 초조하게 바뀌었다.

　그녀 입장에서도 큰 용기를 낸 것이다. 아직도 두 사람 사이에 흐르는 미묘한 기류가 느껴졌기에 자신이 사랑하는 사람에게 사랑의 라이벌을 도와달라고 하는 것은 자칫 잘못하면 자승자박의 결과를 낳을 수도 있었다.

　그 눈빛을 느끼며 유델은 생각을 굳혔다. 힘들다고 외면해서 해결되는 것은 없었다. 직접 맞부딪치고 앞으로 전진해야 성공이든 실패가 나오는 법이다. 가문을 위해 움직이기로 한 이상 결과는 정해진 것과 다름없었다.

　막 대답을 하려고 할 때, 한쪽에서 젊은 남성의 목소리가 들려왔다.

“이거, 엘리나 공녀님 아니십니까?”

유델과 엘리나의 시선이 자연스럽게 돌아갔다. 그곳에는 미소를 짓고 있는 잘생긴 청년이 두 사람에게 다가오고 있었다. 엘리나 앞에 선 그는 정중하게 인사했다.

“펜스터 백작가의 제드웰입니다.”

“엘리나예요. 무슨 일이죠?”

“별다른 뜻은 없습니다. 고귀하신 공녀님을 뵙게 되어 영광이라는 말을 드리고 싶었습니다. 제게 인사할 수 있는 영광을 주시겠습니까.”

그가 말하는 인사가 무엇인지 알아차린 엘리나가 눈살을 찌푸렸다. 귀족 사이에서 오가는 인사를 했음에도 불구하고 영광을 달라는 것은 레이디로 모실 수 있는 기회를 달라는 뜻. 단호한 어조로 거절했다.

“사양하겠어요.”

“이런 야박하시군요.”

“처음 뵙는 분이 언제부터 이런 무례를 범할 수 있게 되었는지 궁금하군요.”

펜스터 백작가는 슈미스트 공작가를 따르는 가문 중 하나로 이번 왕도 점령을 통해 단숨에 성장한 신흥 가문이었다. 그렇다고 해도 아르셀 공작가의 위세에 비할 바는 되지 않았다.

“실례를 저질러 죄송합니다. 명성이 자자한 공녀님을 뵙게 되어 실수를 했군요."

"그렇다면 물러가 주셨으면 좋겠군요."

"하하, 그러면 또 아쉽지 않습니까? 보아하니 식사를 하신 듯한데 제게 차를 대접할 영광을 주지 않겠습니까?"

"이미 차를 마셔 생각이 없네요."

"저런, 제가 무안해지는군요."

유쾌한 웃음을 터뜨리는 그였지만, 눈빛은 번뜩이고 있었다. 엘리나 맞은편에 앉은 유델은 철저히 없는 사람으로 취급하는 그였다.

실상, 유델이 엘리나와 혼인할 사이라는 것은 외부에 널리 알려지지 않았다. 북부 라이오스 지방에서는 이미 공공연한 사실이지만, 다른 지방 귀족들은 그 사실을 잘 모르고 있었던 것이다. 진실을 알고 있는 이들은 기껏해야 유델의 혼인 여부에 관심을 둔 가문뿐이었다.

제드웰 입장에서 유델은 아르셀 공작가 호위기사 그 이상 그 이하도 아니었다. 차림새에 크게 신경을 쓰지 않는 여건상, 기사 이상의 신분으로 보기 힘들었다.

"그러지 마시고 한번 기회를 주지 않으시겠습니까?"

"전 이미 거절했을 텐데요."

"펜스터 백작가를 무시하는 것입니까?"

계속되는 단호한 거절에 제드웰이 표정을 찌푸렸다.

그가 엘리나에게 접근한 것은 간단한 이유에서였다. 아직 혼인을 하지 않은 그녀를 어떻게 해볼 의도가 있어서였다. 곧 왕위에 오를 레일리아는 여성의 몸이었고, 아르셀 공작가 직계 가족은 엘리나가 전부였다. 그런 상황에서 그들과 혼인을 하는 남자는 다음 대 아르셀 공작가에 막대한 영향을 끼칠 수 있다는 뜻이 된다.

이번 전쟁을 통해 단숨에 큰 권력을 움켜쥐면서 펜스터 백작은 야망을 갖게 되었고, 제드웰 또한 비슷한 생각을 품고 있었다.

거대한 권력을 움켜쥔 것은 왕도에서 체감할 수 있었기에 곧잘 나와 가문의 위세를 실감하고는 했다. 그러던 차에 대어가 걸린 것이다.

하지만 그의 말은 엘리나의 심기를 자극했다. 표정을 싸늘하게 굳힌 그녀가 제드웰을 노려보면서 말했다.

"무시라, 언제부터 펜스터 백작가가 본가를 향해 위협적인 어조를 쓸 수 있었는지 궁금하군요."

"……."

날카로운 말에 제드웰의 얼굴에 당황이 번져 나갔다.

소문에 듣길, 엘리나는 상냥한 성격으로 태어나 단 한 번도 화를 내본 적이 없다고 할 정도로 온화한 성품의 소유자였다. 그가 예상한 범주 안에서 이러한 대응은 어디에도 자리하지 않았다.

"이 무례를 어떻게 보상할 생각이죠?"

“무, 무슨 뜻입니까?”

“공자는 나를 비롯해 본가를 무시했어요. 이 부분에 대해 할 말이 없나요?”

싸늘하게 얼어붙은 음성은 한 여인의 것에 불과했지만, 그 뒤에는 아르셀 공작가가 함께 했다. 곧 왕가가 될 곳이고, 막대한 권력을 쥔 곳이다.

당황한 제드웰은 한 걸음 뒤로 물러나면서 말했다.

“아, 아무리 아르셀 공작가의 힘이 강해도 본가를 무시할 수 없는 법입니다.”

“웃기는군.”

“……!”

엘리나가 아닌 뒤에서 흘러나온 음성에 제드웰의 눈이 날카로워졌다. 시선이 고정된 곳에는 찻잔을 든 유델이 앉아 있었다.

그는 제드웰에게 시선조차 두지 않았다.

오가는 대화를 들으면서 엘리나가 자신에게 왜 그런 말을 했는지 깨달을 수 있었다.

펜스터 백작가? 유델로서는 스쳐 지나가듯 들어봤던 가문이었다.

그것이 의미하는 바는 그랬다.

한마디로 그저 그런 가문이란 뜻이다.

그런 가문이 전쟁의 승리 편에 속함으로써 큰 권력을 쥐니 식솔들이 안하무인의 태도를 보였다. 유델로서는 황당했고, 한편으로는 레일리아가 겪었을 고초를 생각하니 화가 치밀었다.

그가 나서지 않은 이유 중 하나가 슈미스트 공작가와 탈리스 후작가에 대한 믿음이 있어서였다.

하지만 그것이 어리석은 생각이었다는 걸 깨닫는 건 오래 걸리지 않았다.

부모자식 간에도 권력은 못 나누지 않던가.

상황에 따라, 가문의 이익에 따라 얼마든지 태도를 바꿀 수 있다는 걸 망각했다.

"언제부터 펜스터 백작가 따위가 그렇게 기세등등했는지 모르겠군. 슈미스트 공작가에게 붙어 뼈다귀에 남은 살점을 발라먹었다고 세상이 우습게 보이던가."

"가, 감히……."

가문을 형편없이 폄하하는 행동에 제드웰이 몸을 부르르 떨며 분노했다.

왕도에 입성한 뒤 그 누구도 펜스터 백작가의 사람에게 이런 말을 하지 못했다. 슈미스트 공작가 진영에서 큰 목소리를 내는 가문이야말로 남부를 상징하고, 남부 전체를 대표할 수 있는 힘을 지녔다.

"틀린 부분이 있나?"

"개소리를 지껄이면 대가를 치러야 한다는 건 알고 있겠지?"

제드웰이 사나운 어조로 으르렁거렸다. 어느새 그의 곁에
는 호위기사 네 명이 서 있었다. 여차하면 유델을 베어버릴
기세였다. 이미 그의 마음속에서는 수십 조각으로 베어버린
직후였다.

차를 한 모금 마신 유델이 시선을 제드웰에게 고정했다. 그
리고 그의 주변에 서 있는 기사들에게 시선이 향하는 순간,
공간 자체를 지배한 그의 기세가 식당 전체를 장악하기 시작
했다.

쿠우우우!

대기가 울부짖는 듯 마나가 거세게 요동쳤다. 심상치 않은
현상에 기사들이 반사적으로 경계태세를 취하려고 했지만,
그들의 행동은 끝까지 이어지지 못했다. 은은하게 발산된 유
델의 기세가 그들의 전신을 파고든 것이다.

"컥!"

"이, 이런!"

"마, 말도 안 돼!"

"이 기세는……."

한마디씩 남긴 그들의 몸이 크게 들썩였다. 마치 수십 명의
사람이 몸을 붙잡고 있는 것처럼 강렬한 힘이 그들을 속박하
고 있었다.

그제야 상대가 자신들이 상상조차 못할 실력자라는 걸 눈
치챈 기사들의 눈빛이 거세게 떨렸다. 엘리나와 가까운 사이

에, 젊은 나이로 이렇게 고강한 실력을 지닌 자는 단 한 명뿐이다.

자신들이 하늘처럼 여기는 슈미스트 공작조차 함부로 하지 못하며, 반데르트 자작조차 승부를 장담할 수 없는 최강의 기사 중 일인.

바로 눈앞에 있는 유델이었던 것이다.

하지만 기세에 속박되어 전신의 자유를 빼앗긴 그들은 입조차 열 수 없었다.

하나둘씩 무너져내리는 기사들을 보면서 제드웰은 혼비백산했다.

"뭐, 뭐야?"

자신과 함께 다니는 기사들은 엑스퍼트 중급 이상의 실력자였다. 이렇게 맥없이 무너질 자들이 아니었던 것이다. 거세게 떨리는 눈으로 유델을 바라보았다. 남은 차를 입에 털어넣는 모습은 영락없는 용병이었다. 하지만 상황이 급박하게 돌아가자 머리가 부산하게 회전했다. 그리고 마침내 그의 정체를 알아낼 수 있었다.

"서, 설마 카르비앙 자작?"

"이제야 알았군."

"허억!"

그제야 자신의 실수를 깨달은 제드웰의 입에서 숨이 넘어가는 소리가 흘러나왔다. 정말 카르비앙 자작이라면 자신은 건드려서는 안 될 인물을 건드린 것이다.

젊은 나이로 최강의 경지에 올라선 그는 이미 기사들 사이에서 전설적인 존재였다.

뿐만 아니라 아르셀 공작가에 절대적인 충성을 바치고 있는 기사로서, 그들의 병력이 대거 빠져나갔음에도 탈리스 후작가나 슈미스트 공작가 측이 함부로 움직이지 못하는 이유가 바로 그의 존재 때문이다.

살아 있는 전설인 그의 눈앞에서 아르셀 공작가를 폄하하고 협박까지 했으니, 밉보여도 단단히 밉보인 셈이었다. 제드웰의 얼굴이 새하얗게 탈색되었다.

"다시 한 번 듣고 싶군."

유델에게서 아무런 기세가 느껴지지 않았다. 하지만 그의 정체를 알아차린 제드웰은 그것이 의미하는 바가 무엇인지 알아차렸다. 너무나 뛰어나기에 오히려 평범하게 보이는 것이다. 그것은 자신이 알지 못할 미지의 영역에 속해 있는 힘이었다.

"그, 그게 그러니까……."

"그러니까?"

"죄, 죄송!"

"사과 따위는 듣고 싶지 않군."

둘의 시선이 허공에 얽혔다. 얼어붙은 제드웰의 몸이 뻣뻣하게 굳어갔다. 자신과 나이 차이도 별로 나지 않지만, 아버지뻘 귀족들이 왜 그렇게 어려워하는지 그제야 이해할 수 있었다.

'내, 내가 미쳤지.'

가문의 위세가 하늘을 찌르면서 아르셀 공작가도 어떻게 해볼 수 있을 것처럼 여겨졌지만, 우물 안 개구리였음을 자인하는 꼴밖에 되지 않았다.

"펜스터 백작가, 기억해두지."

울상이 된 제드웰의 얼굴을 보며 유델이 몸을 일으켰다.

제 3 장 건곤일척

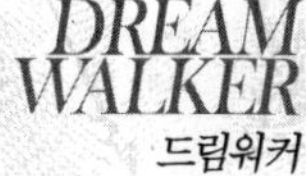

엘리나의 제안을 받아들인 유델은 다음 날, 즉시 입궁했다. 안으로 들어서니 레일리아가 초췌한 얼굴로 그를 맞이했다. 그 모습을 보면서 마음이 아파져 왔지만, 겉으로 드러내지 않고 인사를 했다.

"공작 전하를 뵈옵니다."

"갑자기 무슨 일이야?"

"그동안 공작 전하의 일을 돕지 못한 것 같아 이렇게 찾아오게 되었습니다."

"돕지 않는다는 말에 어폐가 있네. 경의 도움이 있어 지금의 위치에 오를 수 있었는데."

　레일리아의 말은 어찌 보면 지금의 관계를 단호히 하려는 것 같아 기분이 좋지 않았다. 하지만 그녀의 심정을 이해했다. 그렇다고 하여 쉽게 물러날 수 없었다.

"두 가문의 압박이 거세지고 있다는 걸 들었습니다."

"……."

"이미 한 차례 그들의 만행을 지켜보았습니다. 엘리나 공녀에게까지 행패를 부리더군요."

"엘리나에게? 그게 무슨 소리야?"

　그녀의 눈썹이 곤두섰다. 설마하니 그들이 엘리나에게 행패를 부릴 줄은 몰랐던 것이다. 유델은 식당에서 있었던 일을 간략하게 설명해주었다. 간단한 내용이지만, 전해 들은 레일리아는 분노를 숨기지 않았다.

"감히……."

"북부의 적을 막아내기 위해서는 공작 전하께서 온전히 권력을 장악하셔야 합니다."

"알고 있어."

"제가 도와드리겠습니다. 절 이용하십시오."

"……."

　유델의 말은 한편으로는 충격적이었다. 그 누가 제 스스로를 이용하라고 말할 수 있겠는가. 이미 그녀는 여러 차례 그에게 그런 말을 들었다. 그를 멀리하는 것은 껄끄러운 것도 있지만, 다른 한편으로는 너무나 큰 도움을 받아서이기도 하다.

가문이 그에게 해준 것에 비해 그가 가문에 해준 것이 너무나 많았다. 레일리아는 그것이 부담으로 다가왔던 것이다.

침묵을 지키던 그녀가 입을 열었다.

"상황이 좋지 않아."

가문의 가신들은 권력의 단맛에 취해 있었고, 두 가문은 조금씩 잠식해오고 있었다.

왕위에 오르더라도 허수아비 왕으로 남을 가능성이 농후했다.

"그 부분에 대해서는 걱정하지 않으셔도 됩니다."

"무슨 뜻이야?"

"언급하지 않았지만, 이번 전쟁에서 가장 큰 공을 세운 것은 저입니다. 공을 나누는 부분에 있어서 그들은 저를 뛰어넘을 수 없습니다."

유델의 이야기가 한동안 이어졌다. 그 말을 듣고 있던 레일리아는 연신 고개를 끄덕였다. 그 사이 그녀의 표정은 서서히 밝아지고 있었다.

왕도의 상황이 어지러운 가운데, 국경 부근에서도 거센 폭풍이 휘몰아칠 준비가 되어가고 있었다.

심상치 않은 기류가 감도는 가운데, 랜필드 왕국군과 아슬론 왕국군은 어느 순간 대치를 이루며 기회를 엿보는 상황이었다.

그들 또한 알고 있던 것이다, 라이오스 지방으로 향하기 위해서는 어느 누구 하나가 떨어져 나가야 한다는 것을. 그것이 상대가 될 거란 걸 그들은 확신하고 있었다.

"저들을 먼저 치워내야 한다는 것은 공작도 동감한다는 바겠지?"

"예, 랜필드 왕국은 본국과 양립할 수 없는 사이입니다. 이참에 그들의 기세를 꺾어놓고 본국의 힘을 널리 알리는 것도 좋은 방법이리라 생각합니다."

"몸이 근질거릴 텐데 잘 됐군. 좋은 시간이 되겠어."

알렉시온 국왕의 성향상 뒤통수가 근지럽게 적을 남겨둘 리 없다는 것을 잘 알고 있었다. 무엇보다 랜필드 왕국의 기세를 꺾어놓는 것이 향후 남부 대륙의 패권에 큰 영향을 끼칠 거라 보았다.

'그들은 나서지 못할 것이다.'

그가 랜필드 왕국의 공격을 주장한 것은 아르셀 공작가 측의 군대가 결코 요새 밖으로 나오지 않으리라 생각했기 때문이다.

당장 왕도를 안정시켜야 할 그들로서는 외부로 돌릴 전력이 존재하지 않았다. 그 틈을 타 랜필드 왕국의 기세를 꺾고 라이오스 지방으로 진격할 계획이었다.

"제르앙 백작."

“하명하시옵소서.”

“움직일 때가 왔다. 본국이 얼마나 무서운지 몸소 겪게 하도록.”

“명을 받들겠습니다.”

제르앙 백작의 눈이 스산하게 빛났다. 그 모습을 본 파젠 공작은 승리를 확신할 수 있었다.

록스텔 왕세자는 아슬론 왕국의 움직임을 파악하자 즉각 군대를 움직였다.

그 또한 파젠 공작과 비슷한 생각을 품고 있었다. 이번 전쟁을 원활하게 치르기 위해서는 누군가 하나는 사라져야 했다. 그는 그것이 아슬론 왕국이 될 거라 믿어 의심치 않았다.

“아슬론 왕국에서 승부를 보려고 하는군.”

“좋지 않은 현상입니다.”

“좋지 않을 것이 무에 있나. 본국의 힘은 강하다. 적의 전력 또한 압도하고 있지.”

병사들의 질에 있어서 뒤떨어지지만, 무조건 열세에 처한 정도는 아니었다.

십 년의 원정으로 단련된 원정군 중심으로 편성되어 있지만, 랜필드 왕국의 병사 또한 오랜 전쟁으로 단련된 강군이었다.

“기사 전력으로 우위를 점하면 된다. 본국이 동원한 전력이 만만치 않다는 걸 백작 또한 알고 있지 않느냐."

"그렇습니다만."

대답하는 라우조 백작의 표정은 밝지 않았지만, 고개를 끄덕였다.

현재 랜필드 왕국군의 진영에는 도합 여섯 명의 마스터가 존재한다. 이번 원정에서 승리를 쟁취하겠다는 의지가 반영된 것이다. 그에 반해 아슬론 왕국 측에서 동원한 마스터의 숫자는 네 명밖에 되지 않는다.

기사 전력 또한 마찬가지였다. 육백 명이 넘는 기사가 동원된 데 반해 아슬론 왕국은 고작 사백 명의 기사만 출전했을 뿐이다.

"병사의 질을 무시하지 마라. 본국 또한 강하다."

"알고 있습니다. 다만 적이 저렇게 움직이는 데에는 이유가 있을 것입니다. 무례한 말일지 모르나, 왕세자 전하께서는 조금 더 신중히 움직이셔야 합니다."

이번 전쟁은 록스텔 왕세자에게 무척 중요한 원정이었다.

확고한 기반을 다져놓았다고 하나 동원한 전력이 만만치 않은 만큼 한 번의 실패가 기반을 송두리째 무너뜨릴 수도 있었다.

왕위에 위협을 받을 리 없겠지만, 귀족들이 득세하면 랜필드 왕국의 국력은 그만큼 줄어든다.

"신중히라."

라우조 백작이 염려하는 바가 무엇인지 알았기에 록스텔 왕세자는 고개를 끄덕였다. 하지만 고개를 돌린 그의 눈은 결연하게 빛나고 있었다.

"분명 백작의 말이 맞다. 하지만 이번만은 그대의 말을 들어줄 수 없다."

"어찌하여?"

"이곳은 사방이 확 트인 곳이다. 어떠한 수작을 부릴 수 없는 순수한 힘과 힘의 대결이지. 본국이 저들의 도발에 대응하지 않고 침묵한다면 아국의 위치는 그만큼 수면 아래로 가라앉게 마련이다. 아슬론 왕국의 도발에 기꺼이 응하겠다. 그리고 저들을 무너뜨리고 라이오스 지방을 점령하여 남부 대륙의 패권을 움켜쥐겠다!"

어린 시절부터 치열한 전쟁을 겪어오며 자라온 록스텔 왕세자였다.

힘과 힘의 대결에 응하지 못할 만큼 랜필드 왕국은 약하지 않았다.

라우조 백작은 록스텔 왕세자의 눈에 서린 고집을 읽을 수 있었다. 이대로 그를 설득하는 것은 불가능에 가까운 일이었다. 입가를 비집고 나오는 한숨을 가까스로 참아내며 고개를 끄덕였다.

"알겠습니다."

"날 믿어줘서 고맙다."

아슬론 왕국의 진영을 바라보는 록스텔 왕세자의 눈은 결연하게 빛났다.

"후후후, 저들의 의지가 느껴지는군."

"비슷한 생각을 했나 봅니다. 적진에 라우조 백작이 함께하고 있다고 해서 걱정했습니다만 록스텔 왕세자가 국왕 전하의 의도를 느꼈나 봅니다."

"그럴 테지. 그 또한 전장을 전전하며 지금의 위치에 오른 자. 자신이 지닌 힘에 대한 자부심이 대단할 테지. 그것이 나쁘지는 않지만, 종래에는 파멸할 것을 모른 채."

파젠 공작은 고개를 끄덕이며 대답을 대신했다. 그는 정면 대결을 준비하면서 한편으로는 걱정스러운 마음을 지니고 있었다.

적진에는 뛰어난 지략가인 라우조 백작이 있었다. 록스텔 왕세자의 측근인 그라면 아슬론 왕국의 행동이 의미하는 바가 무엇인지 알고 있을 터였다.

무척 신중한 자이기에 정면대결이 성사되지 않은 채 어영부영 시간을 보낼 수 있을 수도 있었다. 그 부분을 대비하기 위해 여러 계책을 세웠지만, 록스텔 왕세자가 호기를 부려 천재일우의 기회를 얻을 수도 있었다.

"제르앙 백작에게 선봉을 맡길 생각이십니까?"

"그렇다만?"

"그라면 적진을 단숨에 붕괴할 수 있을 것입니다. 다만 적의 마스터 숫자가 걸립니다."

파젠 공작이 과감한 전면전을 펼쳤지만, 걱정하는 부분이 있었으니, 기사 전력이었다.

적의 마스터 숫자는 아군을 월등히 능가하고 있었다. 이는 정면대결에서 자칫 사기가 꺾여 단숨에 무너질 우려가 컸다. 파젠 공작이 걱정하는 바가 무엇인지 알아차린 알렉시온 국왕이 미소를 지었다. 자신감이 가득한 그는 오만하게 세상을 오시하며 입을 열었다.

"걱정하는군."

"솔직히 그렇습니다. 혼자 상대하면 걱정이 없지만, 만약 적의 마스터 여러 명이 합공한다면……."

"그렇군. 걱정이 될 수밖에 없지. 하지만 공작은 여전히 제르앙 백작의 실력을 믿지 못하고 있어. 그가 근위기사단장이 될 때 보여준 신위를 기억하고 있나?"

"……."

그날의 기억을 떠올린 파젠 공작은 몸을 부르르 떨었다.

제르앙 백작의 등장은 충격적이라 해도 과언이 아니었다.

살이 떨릴 정도로 아름다운 미모를 지닌 그는 오만한 알렉시온 국왕의 곁에서 거세게 반발하던 근위기사단장에게 대결을 신청했다.

왕도에 거주하는 모든 귀족이 모인 가운데 두 마스터의 대결이 벌어졌다.

당시 대결은 처참함 그 자체였다.

아슬론 왕국 최강의 마스터인 근위기사단장은 알렉시온 국왕에게 불경을 범한 죄로 사지가 하나씩 잘려나가면서 피가 모조리 빠져나올 때까지 방치되다가 죽음에 이르렀다.

최강이라 불린 마스터를 한마디로 가지고 논 셈이다.

알렉시온 국왕에게 불경을 범한 귀족이 어떻게 되는지 두 눈으로 똑똑히 목격한 귀족들은 그때부터 절대적인 복종을 보였다.

그들은 제르앙 백작이야말로 전설의 그랜드 마스터에 근접했다고 평가하며, 알렉시온 국왕의 독재가 오랫동안 이어질 거라며 두려워했다.

제르앙 백작의 실력을 의심하는 것 자체가 잘못된 행동이었다.

"믿어라. 제르앙 백작은 일찍이 누구도 보지 못했던 최강의 마스터다. 두 명의 마스터? 훗! 세 명이 덤빈다 한들 그를 감당하지 못할 것이다."

파젠 공작의 시선이 자연스럽게 제르앙 백작에게 향했다. 수없이 많은 적을 앞에 두고도 표정 하나 흔들림없는 그의 모습은 아군일 때 더없이 든든했다.

"믿겠습니다. 그럼 곧장 계획을 진행하도록 하겠습니다."

두 왕국의 충돌은 즉각 아르셀 공작가 측으로 전달되었다.

정찰병을 통솔하는 호프만은 한달음에 달려가 즉각 상황을 보고했다.

"아슬론 왕국과 랜필드 왕국이 충돌하고 있다고 합니다."

"자세히 보고하라."

"이미 여러 차례 충돌한 듯싶습니다. 형세는 아슬론 왕국의 우위를 점하고 있는 중입니다."

"병사의 질은 아슬론 왕국이 높지만, 기사 전력 측은 랜필드 왕국 쪽이 높다고 알고 있는데?"

카스트로 자작의 표정이 밝지 못했다. 두 국가의 충돌 소식이 그로서는 반가웠지만, 아슬론 왕국의 우세는 여러모로 불안함을 심어주었던 것이다.

양국의 전력은 대등했다. 각기 병사와 기사의 질 우위를 점하고 있었기에 쉬이 승부가 나지 않을 거라 전망했다. 넓은 곳에서 전투를 벌인다는 말에 랜필드 왕국의 우세를 점했다. 기사 전력에서 그들이 훨씬 앞서나가고 있어서이다. 하지만 들어온 보고 내용은 예상을 벗어났다.

"적들도 경계를 하고 있어 세세한 정보는 잘 모릅니다. 다만 열흘 사이 세 차례 접전이 벌어졌고, 아슬론 왕국이 승리를 거두었다는 내용입니다."

"으음."

예상과 다른 전개는 변수의 존재를 알리고 있었다. 이는 아

슬론 왕국이 승리하고 그들을 상대하게 될 경우 변수를 자신
들이 상대해야 한다는 뜻이었다. 카스트로 자작의 표정이 심
각하게 굳어가자 호프만이 조심스럽게 제안했다.

"직접 정찰을 가보는 것이 어떻습니까."

"말도 안 되는 소리!"

"하지만 적에게 무엇이 있는지 파악을 못 하고 있는 실정
입니다. 그것을 알아차려야 대비를 할 수 있지 않습니까? 알
지 못할 경우 더 큰 피해를 입을 수 있습니다."

"맞는 말이지만, 총사령관인 단장님이 움직이는 것은 있을
수 없다."

카펠로 남작은 호프만의 제안을 단호히 거절했다. 치열한
전쟁이 벌어지는 곳을 직접 정찰한다는 것은 말도 안 되는 일
이었다.

하지만 그렇게 거세게 반발한 것은 카스트로 자작의 성격
을 파악하고 있어서였다.

아니나 다를까, 그가 걱정하던 부분이 현실로 드러나고 말
았다.

"아니, 예외가 존재할 수 있는 법이지."

"단장님!"

"변수를 파악하면 더 많은 아군을 살릴 수 있다. 객관적인
전력으로는 랜필드 왕국의 우세가 점쳐지는 전쟁이었다. 그
것을 극복한 것이 무엇인지 알아야 한다."

“하지만 사령관이 가장 위험한 최전선으로 가는 것은 옳지 않습니다.”

“내가 없어도 요새를 잘 지키고 있었으니 걱정하지 않는다. 그리고 누가 내게 위해를 가할 수 있다고 생각하나?”

“…….”

서늘한 기세가 폭발적으로 뿜어졌다가 거짓말처럼 갈무리되자 카펠로 남작은 더 말리지 못하고 한숨을 푹 내쉬고 말았다. 한 번 고집을 부리면 누구도 꺾을 수 없다는 걸 그는 잘 알고 있었다.

“요새를 잘 지키고 있도록. 믿고 있기에 나갈 수 있는 것이다.”

“알겠습니다.”

“곧장 움직이도록 한다.”

“예!”

대답한 호프만이 즉시 떠나기 위해 바삐 움직였다.

카스트로 자작을 중심으로 편성된 정찰대 십여 명은 양국의 접전이 벌어지는 곳을 한눈에 관찰할 수 있는 절벽에 도달했다. 이미 인간의 한계를 뛰어넘은 마스터이기에 마나로 시력을 돋워 먼 거리를 코앞처럼 자세히 살피는 것이 가능했다.

다른 이들은 그러한 경지에 도달하지 못했기에 마법 물품을 활용하여 상황을 살폈다. 그리고 어느 한 지점에 도달하자 멈칫하며 입을 떡 벌리고 말았다.

그것은 전황을 살피던 카스트로 자작이라고 해서 다르지 않았다. 그의 입가를 비집고 자연스럽게 신음이 흘러나왔다.

"으음."

그들의 눈에 서린 것은 경악이었다. 양국의 병사들이 얽히며 난전을 펼치고 있는 가운데, 가장 선두에서 벌어지는 기사들의 대결은 놀라웠다.

가장 선두에 선 은빛 갑옷의 기사는 두 명을 상대하고 있었다.

이것만 보면 아무런 문제가 없지만, 은빛 갑옷 기사는 물론, 그를 상대하는 두 명의 기사의 검에는 모두 오러 블레이드가 돋아나 있었던 것이다.

한 명의 마스터가 두 명을 상대로 대결을 벌이는 중이었다. 더욱 놀라운 것은 그들을 상대로 근소하게 우세를 점하고 있다는 점이다.

은빛 갑옷 기사의 움직임은 군더더기가 존재하지 않았다. 찰나에 드러나는 빈틈을 날랜 몸놀림으로 지워버리며 맞상대하는 마스터를 거세게 밀어붙였다. 그럼에도 치열함이 유지되는 것은 다른 한 명이 시간을 끌어줘서 였다.

사기가 오른 아슬론 왕국의 공세가 더욱 매서워졌다. 선두에 선 은빛 갑옷 기사의 무위에 기가 질린 랜필드 왕국은 서서히 밀리기 시작했다. 잠시 후, 전력의 열세를 실감하고 후퇴를 감행했다.

"……."

대결이 끝났지만, 그 여운은 쉬이 가라앉지 않았다. 멍한 표정으로 처참한 전장을 바라보고 있던 호프만이 카스트로 자작에게 물었다.

"이게 말이 됩니까?"

"내 눈으로 보고도 믿기 힘들군."

"저런 자가 아슬론 왕국에 있을 줄은."

"아마 제르앙 백작일 것이다."

"그가 말입니까?"

놀란 호프만이 목소리를 높였다. 그 또한 제르앙 백작을 본 적이 있었다. 하지만 이토록 강한 무위를 발휘할 거라고 생각지 못했다.

"최강의 마스터라는 말을 들었지만, 이 정도일 줄은."

카스트로 자작은 입맛이 썼다. 만약 자신이라고 가정하니 전망은 어둡기만 했다. 갓 마스터에 오른 두 명이라면 어느 정도 감당이 가능하지만, 제르앙 백작이 상대한 두 마스터는 완숙한 경지에 오른 자들이다.

그제야 아슬론 왕국이 연전연승을 거둔 이유가 무엇인지 알아차릴 수 있었다. 씁쓸한 표정으로 전장을 바라보던 그가 몸을 돌렸다.

"철수한다."

“예.”

요새로 돌아가는 그들의 안색은 어두웠다. 중부 교역로를 차지한 아슬론 왕국의 힘을 두 눈으로 목격하는 순간이었다.

“허, 허허허!”

록스텔 왕세자의 입에서 허탈함이 담긴 목소리가 흘러나왔다. 그는 눈앞에 펼쳐진 현실을 믿기 힘들었다. 곁에 선 라우조 백작 또한 심정이 전혀 다르지 않았지만, 이럴 때야말로 냉정함을 유지해야 했다. 그는 휘청거리는 록스텔 왕세자를 부축하며 목소리를 높였다.

“왕세자 전하! 정신을 차리셔야 합니다.”

“정신을 유지할 수 없구나. 지금 이 현실을 어떻게 믿어야 할까.”

여러 차례 이어진 교전은 록스텔 왕세자를 절망으로 몰아넣었다. 언제나 힘이 가득하던 그의 음성에 패기가 사라진 것이 그 예였다.

록스텔 왕세자는 라우조 백작을 바라보았다. 처음부터 그의 의견을 받아들였어야 했다. 그랬다면 지금 같은 불상사는 발생하지 않았을 터. 하지만 모든 후회는 일을 저지른 뒤 오는 법이다. 힘이 빠진 음성으로 라우조 백작에게 말했다.

“백작의 말을 받아들이지 않은 것이 실수였다.”

“실수가 아닙니다. 신 또한 저들의 전력이 저 정도일 줄은 몰랐습니다.”

“그렇다 하더라도 내 실수인 것은 변함이 없다. 저들의 힘이 이 정도일 줄은.”

그의 머릿속으로 아슬론 왕국과 있었던 접전이 스치고 지나갔다.

용기백배하여 진군한 랜필드 왕국군은 먼저 선제공격을 감행했다.

기사 전력에서 우위를 점하고 있었기에 단숨에 기세를 꺾어놓을 요량이었다.

하지만 의외의 전개는 그 다음부터 펼쳐지기 시작했다. 선봉에 선 은빛 갑옷의 기사가 무시무시한 오러 블레이드를 일으키더니, 단숨에 아군의 기사를 베어버리기 시작했던 것이다. 마침 근처에 있던 보르밀 백작이 검을 뽑아들고 달려들었다. 마스터의 경지에 오른 그는 선봉에서 공을 세우고자 했고, 적의 마스터를 베어버리고자 했다.

하나, 그것은 착각에 불과하다는 것을 알아차리는 데에는 오래 걸리지 않았다.

채 열 번의 충돌이 이어지기 전에 은빛 갑옷 기사의 검에 보르밀 백작의 목이 베인 것이다.

전세는 삽시간에 뒤집혔다. 아슬론 왕국군은 거칠게 밀어붙였고, 선두에 선 은빛 갑옷 기사의 신위는 랜필드 왕국군을 공포로 몰아넣었다.

이후에도 은빛 갑옷 기사의 공포는 계속 이어졌다.

다음 교전에서 또 다른 마스터인 루스텔 백작이 목숨을 잃었다.

두 명의 마스터를 잃은 록스텔 왕세자는 특단의 조치를 취했다.

은빛 갑옷 기사를 상대하기 위해 두 명의 마스터를 파견한 것이다.

그의 예상은 주효하여 두 명의 마스터가 은빛 갑옷 기사를 묶어놓을 수 있었다. 하지만 이마저도 완전하지 못했다. 두 명이면 압도하여 베어버릴 수 있으리라 생각했지만, 도리어 두 명이 밀리는 모습을 보였던 것이다.

합공이 유기적으로 이어지지 못했다고 하나 마스터의 협공이었다. 그럼에도 불구하고 은빛 갑옷 기사는 절정의 신위를 선보였고, 여러 차례 교전을 벌이면서 점점 압도하는 모습을 보였다. 마침내, 오늘 전투에서 두 명의 마스터를 베어버렸다.

막대한 피해를 본 록스텔 왕세자는 정신을 차릴 수 없었다. 짧은 시간 동안 무려 네 명의 마스터를 잃어버린 것이다. 사기가 땅바닥으로 떨어진 랜필드 왕국군은 연전연패하여 후퇴를 감행해야 했다.

"최악이군."

"결정을 내리셔야 합니다."

“그 결정이라 함은 후퇴를 말하는 것이겠지?”

“그렇습니다.”

“후퇴라…….”

록스텔 왕세자는 눈을 감았다. 허망함이 전신을 휘감았다. 이미 네 명의 마스터를 잃은 상황이다. 더 이상 손해를 입으면 자신의 권력을 유지하는 것조차 벅찰 것임이 분명했다.

“후퇴밖에 없는 건가.”

“지금 물러나지 않으면 저들은 뒤를 확보하기 위해서라도 끝까지 물고 늘어질 것입니다. 지금 남은 전력이라도 보존해야 합니다. 그러지 못하면 왕국을 유지하는 것조차 어려울 수 있습니다.”

“으음.”

침음을 삼킨 그는 고개를 끄덕이며 수긍했다. 그의 말을 부인하기에는 상황이 최악이었다.

“그렇게 하도록 하지.”

“송구합니다. 제 능력이 모자라서…….”

“백작의 능력이 부족한 게 아니다. 내가 실수를 했으니 감당해야겠지.”

“…….”

라우조 백작은 아무 말도 안 했고, 그것은 록스텔 왕세자라고 해도 마찬가지였다.

처참한 패배였다.

　오늘의 패배는 남부 대륙 정세에 큰 영향을 끼칠 것임이 분명했다.

　'힘든 싸움이 되겠군.'

　네 명의 마스터를 잃은 록스텔 왕세자의 위치는 크게 흔들릴 터였다. 그들은 모두 왕세자를 적극적으로 지지하는 세력인만큼 호시탐탐 기회를 노리는 무리가 적극 준동할 것임이 분명했다.

　정복 전쟁을 통해 세력을 확장하고 무력으로 그들의 불만을 잠재우던 랜필드 왕국이었다. 강력한 통제기구가 사라진 이상 혼란은 예상된 것이나 다름없었다.

　네 명의 마스터와 기사 전력 태반을 잃은 랜필드 왕국군은 후퇴를 감행하기 시작했다. 그럼에도 불구하고 아슬론 왕국군은 자리를 지킨 채 움직일 줄 몰랐다. 라우조 백작이 말했던 것처럼 그들은 시위를 하고 있는 것이다.

　결국, 랜필드 왕국군은 영토를 이탈하여 자국의 영토로 깊숙이 후퇴를 할 수밖에 없었다. 이대로 뒤를 노려볼 수도 있지만, 혼란스럽게 변할 자국의 상황을 감안하면 한시도 지체할 수 없었다.

　랜필드 왕국을 대파했음에도 불구하고 알렉시온 국왕의 표정에는 큰 변화가 없었다. 마치 하루 일과를 보내는 것처럼 당연하다는 표정이었다.

“물러났군.”

“아르셀 공작가의 차례입니다.”

“알고 있다. 기다림은 길었지. 이제야 아르셀 공작가로 향할 수 있겠군.”

단지 그러한 생각만으로 몸이 달아오르는 기분이었다. 닿지 못할 꽃은 그로 하여금 꺾고 싶게 만드는 욕망을 자극하고 있었다.

그의 시선이 파젠 공작에게 향했다.

“다음 계획은?”

“랜필드 왕국군을 물리친 이상 계획의 절반 이상이 이루어진 것과 다름없습니다. 제게 맡겨주십시오.”

“이번 전투로 공작의 능력은 증명되었다. 그대의 의견을 존중할 것이다. 단, 내가 싫어하는 말이 무엇인지는 그대가 잘 알고 있을 터.”

“예, 국왕 전하의 오랜 기다림은 속전속결로 끝을 맺도록 하겠습니다.”

파젠 공작의 눈이 반짝였다. 정계에서 살아남기 위해 노련한 정치가가 되어야 했지만, 가슴 속에 품은 목표는 이 거대한 남부 대륙을 일통하여 자신들 스스로 주류라 일컫는 중부 대륙과 자웅을 겨루는 것이다.

“가장 먼저 해야 할 일은?”

“카스트로 자작을 묶어놓는 것입니다. 요새를 함락시키면 이번 원정은 거의 성공한 것이나 다름없습니다."

그가 확신 어린 어조로 말할 수 있는 것은 제르앙 백작의 신위를 두 눈으로 목격한 이후였다.

다수의 마스터를 상대로 절정의 무위를 뽐낸 그의 앞을 가로막을 자는 어디에도 존재하지 않았다.

채 열 번도 되지 않는 교전에서 네 명의 마스터를 격살한 그였다. 이후, 랜필드 왕국의 사기는 급속도로 떨어졌고, 무수히 많은 기사가 그의 검에 고혼이 되어 사라졌다.

절대적인 무위를 지닌 마스터의 존재는 전황을 주도하는 능력을 지니고 있다. 근래에 이르러 기사단이 마스터를 묶어놓는 전략이 발생했지만, 제르앙 백작과 같은 실력을 지닌 기사의 존재는 승리를 가져다주는 절대적인 효과를 발휘했다.

"그럴 테지."

"이제 남은 것은 라이오스 지방을 유린하는 것입니다. 이후, 룬가드 왕국 전역을 점령함으로써 국왕 전하께 레일리아 공녀를 바치겠나이다."

"믿겠다."

원하는 대답을 들은 알렉시온 국왕의 입가에 진한 미소가 지어졌다.

제
4
장

최
강
의
마
스
터

　급변하는 소식은 즉시 카스트로 자작에게 전달되었다. 이미 눈으로 목격한 사실이지만, 랜필드 왕국의 후퇴는 그의 표정을 굳게 만들었다.

　"결국, 그리되었군."

　"…어떻게 하실 생각이십니까?"

　상황을 전해 들은 카펠로 남작의 표정 또한 밝지 못했다.

　한 명의 마스터가 다수의 마스터를 상대했다는 이야기는 일찍이 들어본 적 없었다. 절대적인 무위를 발휘한다고 하나 시대가 흐르면서 마스터를 상대할 방안이 모색되고, 발전을 이루었다. 최강의 신위를 선보이지만, 더 이상 마스터가 전황을 좌우하지 못했다.

하지만 랜필드 왕국과 있었던 전투에서 제르앙 백작이 발휘한 무위는 상상 이상의 것이었다.

전설로 전해지는 그랜드 마스터가 아닐까 의심할 정도로, 그 신위는 인간의 한계를 아득히 벗어난 상상초월의 수준에 도달해 있었다.

"일단 요새를 지켜야 한다. 이곳이 무너지면 안 돼."

카스트로 자작의 말은 단호했다. 이곳이 무너지게 되면 아르셀 공작령은 물론, 라이오스 지방 전체로 향하는 길이 열리는 것과 같았다.

여태까지 적은 병력으로 라이오스 지방을 지켜낼 수 있었던 것은 이 요새를 방어해냄으로써 적이 온전히 전력을 기울일 수 없도록 신경을 자극해서였다.

마스터로서 자존심이 상하는 것은 어쩔 수 없는 일이지만, 카스트로 자작은 실리를 선택했다. 무너진 자존심은 실력을 쌓음으로써 회복할 수 있지만, 한번 무너진 요새는 라이오스 지방과 왕국 전체를 위협할 수 있었다.

"명을 받듭니다."

"어떤 수를 쓸지 모른다. 그것을 방비해야 하니 최대한 심혈을 기울이도록."

"예."

이토록 굳은 카스트로 자작의 표정을 본 적이 없었기에 카펠로 남작 또한 긴장하여 고개를 끄덕이며 몸을 일으켰다.

카스트로 자작은 실시간으로 전황의 흐름을 왕도로 전하고 있었다. 제르앙 백작의 신위를 목격한 그는 아슬론 왕국의 침공을 심각하게 여겼지만, 레일리아는 강력한 위협이었던 랜필드 왕국의 후퇴를 긍정적으로 받아들였다.

"랜필드 왕국이 물러났다고요?"

"그렇습니다, 공작 전하."

"좋은 소식이로군요."

"하지만 방심할 수도 없습니다."

"그건 무슨 뜻이죠?"

의아한 표정을 지으며 물으니, 브리엘 자작은 차분히 자신의 의견을 설명했다.

"보고 내용에 적혀 있길, 아슬론 왕국이 랜필드 왕국을 대파했다고 했습니다. 객관적인 전력으로 평가하자면 전력의 우위를 점하고 있는 것은 랜필드 왕국이었습니다. 이런 그들을 대파했다는 뜻은 숨겨진 전력이 존재한다는 것을 뜻합니다."

서로 힘의 크기가 비슷하게 되면 그때부터는 여러 가지 변수가 작용하게 마련이다.

병사의 사기, 보급 물자 수송, 지형의 기후 등. 무수히 많은 변수가 존재하지만, 비슷한 전력으로 압도했다는 것은 강력한 전력을 숨기고 있다는 걸 뜻했다.

"숨겨진 전력이라니."

설득력 있는 말이기에 레일리아의 미간이 찌푸려졌다. 영토를 방어해야 하는 그들로서는 결코 달갑지 않은 말이기도 했다.

"카스트로 자작님이 잘 하실 것입니다. 다만 공작 전하께서 그분에게 힘을 실어주셨으면 합니다."

"무슨 힘을 말하는 거죠?"

"라이오스 지방은 더 이상 가문만의 것이 아닙니다. 향후 왕가의 터전이 될 곳이며, 모든 귀족은 왕을 지켜야 할 의무가 있습니다. 이참에 그들의 힘을 덜어내고 더 많은 전력을 집중시켜야 합니다."

브리엘 자작은 이번 안건을 통과시켜 두 개의 문제를 해결할 생각이었다.

현재 라이오스 지방에 주둔하고 있는 군대는 십만이다. 하지만 여러 거점을 방비하기 위해 이곳저곳에 흩어져 있는 상황이다. 전면전에서 숫자가 부족한 만큼 각기 가문에 전력을 차출하여 전력의 열세를 극복할 생각이었다.

이는 왕도에서 점점 심화하고 있는 권력 투쟁도 해결할 수 있다. 가문의 군사력을 믿고 날뛰는 귀족들의 숫자가 점점 늘어나는 만큼 그들의 힘을 약화시키고 가문의 영향력을 확대할 수 있었다.

"그 부분은 동감하고 있어요. 안 그래도 카르비앙 자작이 다녀갔고."

"그렇습니까?"

"전폭적인 협력을 약속했어요."

"좋은 소식입니다. 워낙 권력에 욕심이 없어 더 나서지 않을 것 같아 염려했는데."

유델의 존재는 브리엘 자작이 활용할 수 가장 유용한 패였다. 전쟁에서 큰 공을 세운 그를 내세우면 다른 가문들도 한 발 뒤로 물러설 수밖에 없다.

"카르비앙 자작은 본가의 마지막 전력과도 같으니 세심하게 전략을 짜도록 해요. 더 이상 그들의 만행을 지켜볼 수 없으니."

권력의 맛에 물들어 직무에 태만하고 으스대는 그들의 모습은 꼴 보기 싫었다.

그것은 브리엘 자작 또한 마찬가지였기에 고개를 끄덕였다. 오랫동안 지켜본 만큼 상황을 뒤집어야 할 순간이 되었다.

"그 부분도 십분 고려하겠습니다."

이미 한 차례 실감했지만, 왕도 내에서 유델이 끼치는 영향력은 대단했다.

기사 후보생을 모집할 때 일만여 명의 아이들이 모일 정도로 이번 전쟁에서 보인 그의 공은 컸다. 사람들은 아르셸 공작가가 왕가로 올라설 때, 그에게 백작의 작위를 내릴 가능성이 높다고 판단할 정도였다.

이러한 영향력은 귀족 가문 사이에서도 그대로 적용되었다.

제드웰을 혼내주고 펜스터 백작가에 경고를 보낸 다음 날, 펜스터 백작이 직접 제드웰을 보내 사과를 시켰을 정도였으니 말이다.

레일리아의 전폭적인 신임을 받고 가장 큰 공을 세운 그의 존재는 이미 왕국 전역을 뒤덮고 있었다.

유델은 더 이상 소극적으로 나서지 않았다. 수련을 하고, 아이들을 가르치는 시간 이외에는 밖으로 나가 움직이고는 했다.

왕도 상황은 좋지 못했다. 연합군이 장악했지만, 권력의 맛을 본 그들은 곳곳에서 만행을 저지르고는 했다.

그 모습을 본 유델의 마음은 착잡했다.

이번 전쟁 승리를 위해 가장 큰 공을 세운 자신으로 인해 수많은 사람이 혜택을 보았다. 하지만 그 틈을 타 잡은 권력으로 다른 이들을 괴롭히고 있으니 분노가 전신을 휘감는 기분이었다.

그때마다 유델은 나서서 그들의 죄를 나열하고 중앙군으로 하여금 끌고 가게 하도록 했다. 권세를 누리던 자들이 더 큰 권세 앞에서 무릎을 꿇은 것이다.

이러한 그의 행보는 왕국 백성들에게 전폭적인 지지를 얻어냈다.

유델은 이에 그치지 않고 불온한 움직임을 보이는 자들을 모조리 감옥에 넣어버렸다.

마음껏 권세를 누리던 귀족 가문은 그제야 정신을 차릴 수 있었다. 자신들이 권력을 쥐고 있다고 하나, 그보다 더 큰 권력을 쥔 유델 앞에서는 아무것도 되지 않는다는 것을 알아차린 것이다.

권력을 남용하던 이들은 유델을 저승사자라 부르며 경계했다.

당황한 귀족들은 유델의 행동에 뒤늦게 급급히 대처하기 바빴지만, 눈치가 빠른 귀족들은 그가 모종의 이유를 갖고 움직이기 시작했다는 것을 파악했다.

유델은 아르셀 공작가의 상징적인 존재다. 그의 움직임은 곧 아르셀 공작 레일리아의 뜻을 대변한다고 해도 과언이 아니며, 권력을 남용하던 이들을 처벌한 것은 그녀의 뜻이 강하게 작용했다는 걸 의미했다.

하지만 유델의 행보는 레일리아와 전혀 관련이 없었다. 엄밀히 말해서는 관련이 있다고 볼 수 있었지만, 그를 움직이는 것은 누구도 예상치 못한 엘리나였다.

그녀는 유델에게 권력을 남용하는 자들을 처벌할 것을 바랐다.

멀리할 땐 몰랐으나 가까이할 때 무분별한 권력의 횡포로 고통받는 이들이 너무나 많았다. 엘리나는 이것을 보기 싫었고, 유델에게 부탁했다.

"제 부탁을 들어주셔서 고마워요."

"아니, 나도 그들의 행태가 마음에 들지 않는 것은 마찬가지였어."

엘리나의 말을 듣고 왕도 곳곳을 둘러보던 유델은 권력층에 대한 분노를 감추지 않았다. 나름대로 능력을 지닌 채 가문의 대소사에 종사한 그들은 한마디로 쓰레기라 해도 과언이 아니었다.

아르셀 공작가가 이룩한 위업이 그들로 인해 모조리 무너져 내리고 있었다. 유델은 엘리나의 부탁을 받고 망설이지 않은 채 움직였던 것은 이러한 내막이 있었다.

"이제 참으셔야 해요."

"안 그래도 너무 심하지 않을까 생각하고 있었어."

"가문을 위해서라도 할아버지가 계시지 않은 지금 유델 경이 왕도의 중심에 서야 해요."

"으음."

주목을 받는 것은 유델이 좋아하는 게 아니었다. 하지만 다른 가문들의 방만함과 왕도의 상황을 보니 결코 좌시해서는 안 될 것 같다는 느낌이 들었다.

"이후에는 어떻게 할 생각인데?"

"네? 아, 그게 그러니까……."

유델은 엘리나가 당황하는 것을 놓치지 않고 볼 수 있었다. 그의 표정이 묘하게 바뀌자 우물쭈물하던 그녀가 눈치를 살피며 조심스럽게 말했다.

"죄송해요, 뒷일은 생각을 해보지 않아서."

"그럴 줄 알았어."

"그럴 줄 알았다뇨?"

"엘리나가 브리엘 자작님도 아닌 이상 앞일을 모두 내다보고 진행할 수 없는 노릇이잖아."

"지금 제 욕하는 거죠?"

얼굴이 붉어진 엘리나가 날카롭게 대꾸했지만, 당황한 기색이 역력한 상황에서 그 모습이 유델에게 먹힐 리 없었다. 도리어 그의 입가에 걸린 미소가 더욱 짙어지고 있었다.

"그럴 리가 없겠지? 그나저나 날 움직여놓고 뒤는 제대로 대비하지 않았으니 대가를 치러야겠지?"

"네, 네? 대, 대가라뇨?"

예상치 못한 말에 당황하며 뒤로 한 걸음 물러나고 말았다. 유델이 한 걸음 앞으로 나아가자 다시 뒷걸음질. 결국, 벽까지 밀려난 그녀는 불안함으로 인해 흔들리는 눈을 한 채 유델을 바라보았다.

그 모습이 너무나 귀여워 자기도 모르게 그녀의 입술을 훔

쳤다. 쪽하는 소리와 함께 당황한 표정을 지은 뒤 유델을 바라보았다.

"이 정도면 벌이 되겠지?"

"버, 벌이에요?"

"맞아."

"이게 벌이라면 얼마든지……."

"이게 끝인데?"

수줍음이 담긴 미소에 유델이 어깨를 으쓱하자, 엘리나의 눈이 빠르게 안정을 찾아 나가더니 이내 결연한 빛이 감돌았다.

결심을 굳어지니 곧바로 행동으로 드러났다. 기습적으로 입술을 훔치는 그녀의 행동에 유델은 놀라기보다 미소를 지으며 수줍은 그녀의 혀놀림을 즐겼다.

"으음!"

엘리나는 유델에게 자제할 것을 언급했지만, 그럴 수 없었다.

경고의 의미를 보내긴 했지만, 권력의 달콤함은 마약보다 무서웠다. 여러 차례 피해 사례가 나오고, 원망의 목소리가 흘러나오자, 유델은 사건이 벌어진 곳으로 향하기 시작했다.

그의 움직임은 일종의 암행이었다.

지극히 평범한 외모를 지닌 그는 마스터에 오르면서 기세를 완벽하게 갈무리하게 되어 차려입지 않으면 영락없는 평민 그 자체였다.

이러한 평범한 외모는 때때로 남자의 자존심을 자극했지만, 한편으로는 마음 편히 움직일 수 있는 장점을 선사하기도 했다.

하지만 제보가 들어온 장소에 도착하는 순간 자신의 생각과 다르다는 것을 알아차릴 수 있었다. 십여 개의 기운이 감지되는가 싶더니, 널찍한 공간을 두고 포위망을 형성했던 것이다.

그들을 이끄는 것은 거대한 체구의 장한이었다. 기세로 보아 기사라 짐작할 수 있었지만, 가문의 표식 등을 감춰놓았기에 어디 가문 출신인지 알 수 없었다.

"왔군."

"날 보고 싶었나."

"말이 짧군. 여기까지 와주었으니 그 정도는 대답해주지. 정답이다."

"좋지 않은 의도로 이곳에 초대했으니 굳이 예의를 차릴 필요가 없지."

"하하! 맞는 말이다. 좋지 않은 의도이기에 이들의 소속을 알릴 수 없지만, 나의 경우는 다르지. 나는 불란드 백작이다."

스스로 자기소개를 한 그는 룬가드 왕국에서 이름이 드높은 마스터 중 하나였다.

사십대 중반의 나이로 마스터 경지에 올라선 그는 최강의 마스터라 불리는 오 인의 위명에 도전하는 경지 높은 마스터 중 한 명이었다.

"내게 용건은?"

"정체를 밝혔음에도 여전히 말이 짧군."

유델은 아무 말도 하지 않았다. 그를 이곳으로 불러들인 것은 불란드 백작이었기에 한숨을 폭 내쉬더니 다짜고짜 검을 뽑아들었다.

그 순간 차앙! 하는 소리가 울려 퍼지더니 유델이 한 걸음 뒤로 물러났다. 흥미로운 표정을 지은 불란드 백작이 콧소리를 흘렸다.

"흐음, 제법이군."

"원하는 건 대결?"

"반은 정답이다. 이번 전쟁에서 큰 공을 세우고 의기양양한 모습이 보기 싫었던 게 사실이니까."

불란드 백작이 입꼬리를 말아 올리며 웃었다. 남부 귀족인 그는 이번 전쟁에서 중립을 지킨 채 움직이지 않았다. 하지만 연합군에게 승리가 기울자 참전하여 큰 공을 세울 수 있었다.

최강이란 칭호를 위해 불철주야 수련에 몰두하던 그에게 있어 올리비앙 총독을 꺾고 일약 영웅이 된 유델의 존재는 눈엣가시였다.

특히나 왕도 화제의 중심에 서서 권력을 휘두르는 모습은 그를 참지 못하게 만들었다.

유델을 곱지 않게 보는 귀족들은 불란드 백작을 충동질했다. 그리고 인적이 드문 곳으로 그를 유인하여 처리하기로 했다.

목숨을 빼앗는 여부보다는 불란드 백작의 실력으로 유델의 기를 꺾어놓겠다는 심산이었다.

"그렇군."

"반데르트 자작과 겨뤄 힘이 빠진 올리비앙 총독을 처리하더니 기고만장하는군."

불란드 백작의 미간이 일그러져 있었다. 유델의 실력을 믿을 수 없었던 그는 조사를 통해 올리비앙 총독이 그와 대결 전 반데르트 자작과 여러 차례 대결을 벌였다는 걸 알 수 있었다.

마스터와 마스터의 대결은 내상을 동반한다. 오러와 오러가 충돌하는 순간 완벽하게 흘려내지 못하면 가랑비에 옷이 젖는 것처럼 내부가 서서히 상하는 것이다.

올리비앙 총독과 대결에서 반데르트 자작은 내상을 입어 한동안 요양을 해야 했다. 마찬가지로 올리비앙 총독은 내상의 유무를 알지 못했다가 유델과의 대결에서 한꺼번에 터져 나왔을 확률이 높았다.

가정에 불과했지만 그럴듯했고, 가능성이 높았다. 무엇보다 이십대 중반의 나이로 최강이란 칭호를 받은 올리비앙 총독을 꺾었다는 사실을 인정하기 싫었다.

"그 자신감……."

그는 말을 끝맺지 못한 채 검을 들었다. 순간 꽝! 하는 폭음이 울려 퍼지면서 뒤로 주르륵 밀려났다. 충돌하는 순간 전해지는 엄청난 거력은 감당하기 힘들 정도로 강렬했던 것이다. 눈앞이 아찔해지는 통증에 인상을 찌푸린 그가 유델을 향해 시선을 고정했다.

"기습에는 기습으로 보답을 해야겠지."

"노옴!"

"도발을 해왔으니 거절하지는 않겠다."

불란드 백작의 등장은 유델에게 있어 나쁘지 않은 기회였다. 최강이란 칭호에 근접한 그의 위명은 레일리아에게 반목하는 귀족들 사이에서 제법 높은 위치를 차지하고 있었다. 그가 형편없이 무너진 모습을 보인다면 다른 귀족들은 함부로 경거망동하지 못할 터였다.

"잡담은 나누기 싫으니 시작하지."

"……."

아무 말도 하지 않은 채 검을 드는 것으로 대답을 대신했다. 조금 전 일격은 유델이 만만치 않은 실력자란 걸 깨닫게 했다. 인정하기 싫지만, 눈앞의 진실을 외면할 정도로 어리석은 인물은 아니었다.

유델이 먼저 움직이는 것으로 대결이 시작되었다. 표흘한 움직임으로 바닥을 박찬 그의 신형이 빠르게 쇄도하더니 불란드 백작을 향해 검을 휘둘렀다.

좌앙! 좌아아앙!

처음부터 오러 블레이드를 생성한 두 검사의 검이 충돌했다. 불란드 백작은 유델의 검에 서린 힘이 심상치 않다는 걸 알고 있었지만, 피하지 않았다.

그는 하나하나 일격필살에 가까운 검격으로 적을 인정사정없이 몰아붙이는 것이다. 자신의 뜻대로 적을 요리하기 위해서는 선기를 휘어잡는 것이 중요했기에 불란드 자작은 물러서지 않았다.

꽝! 꽈과광!

선기를 잡기 위한 두 검사의 검이 치열하게 얽히기 시작했다. 예리한 검격이 유델의 빈틈을 노렸지만, 마른 체구와 달리 검에 묻어나오는 거력은 그것을 산산조각내기 일쑤였다. 비틀거리며 물러나는 불란드 백작의 입에서 신음이 흘러나왔다.

"으음!"

숙련된 몸놀림으로 힘을 흘어버리지만, 그 부분에 주안점을 두다 보니 본래 특기인 예리한 검격으로 밀어붙이는 것이 쉽지 않았다.

'소문과 다르군.'

자신의 예상 일부분이 맞았다는 것을 깨달을 수 있었다.

유델의 실력은 예상했던 이상이었으나 소문에 들려오던 화려함과는 거리가 멀었다.

그의 묵직한 일격은 정면으로 받아내면 오러가 깨지고 내부가 뒤집힐 정도로 강렬했다. 아마 올리비앙 총독은 이것을 정면으로 받아냈다가 잠자고 있던 내상이 일제히 터져 나오면서 무너졌을 터였다.

그렇다고 하여 마냥 상대 못 할 정도는 아니었다. 아이러니하게 그가 기습적으로 펼친 한 수로 인해 특기가 무엇인지 간파할 수 있었던 것이다. 강하긴 했지만, 맞추지 못하면 무용지물이게 마련이다.

요란한 폭음이 울려 퍼짐과 동시에 두 검사의 몸놀림도 식별하기 힘들 정도로 빨라지기 시작했다.

대결의 양상은 팽팽했지만, 어느 순간부터 불란드 백작이 우위를 점하기 시작했다. 특유의 날카로움이 살아나기 시작하면서 유델의 공격을 효과적으로 봉쇄하고 특기인 연속 공격을 펼친 것이다.

"이 정도라면 실망이군."

수세에 몰린 유델을 보면서 비웃어주는 여유까지 보여주었다. 이대로 그를 무너뜨린 뒤 불란드 백작은 유델이 가진 명예를 모조리 빼앗을 생각이었다. 마스터에 오른 후, 그의 앞을 가로막는 것은 최강이라 평가받는 다섯 명의 마스터였다. 아무리 열심히 수련을 하고 실력을 키워도 그들의 위명을 뛰어넘는 것은 불가능했다.

하지만 그를 꺾음으로써 자신의 이름은 동일 선상에 올라 갈 터였다.

이후, 노쇠한 카스트로 자작을 꺾음으로써 '유일한' 최강에 올라설 생각이었다.

꽝!

공격에 담긴 힘을 제대로 해소하지 못한 유델이 뒤로 밀려나자 불란드 백작이 완전히 무너뜨리고자 공격을 감행했다.

그 순간 그의 눈앞을 가득 메우는 수십 개의 검영이 나타났다.

"헉!"

바람 빠지는 소리를 흘리며 다급히 검을 회수한 그가 검영을 쳐냈다. 강렬한 기세를 머금고 있는 검영은 진짜인 것도 있고 가짜인 것도 있었다.

시야를 어지럽힐 정도로 많은 검영의 존재는 불란드 백작을 멀찍이 밀려나게 만들었다.

단 한 수로 우위를 점한 유델이었지만, 그의 표정은 밝지 못했다. 그것이 빈틈이라는 걸 알았지만, 불란드 백작은 조금 전 공격을 접하고 쉬이 다가서지 못했다.

"역시 어렵군."

"무슨 뜻이냐?"

“강화계의 힘으로 상대하는 건 부족한가? 역시 본래 활용하던 검술을 사용하는 게 좋겠군.”

“…….”

불란드 백작의 표정이 참혹하게 일그러졌다. 유델의 중얼거림에 담긴 의미가 무엇인지 파악할 수 있었던 것이다. 뛰어난 검사인 그는 유델과 겨루면서 왠지 모를 위화감을 느끼고 있었다. 마스터라고 하기에는 그가 활용하는 검술의 완급이 묘하게 어긋나는 감이 있었던 것이다.

이러한 추측이 의미하는 바는 단 하나다.

유델은 처음부터 전력을 다한 것이 아니란 점이다.

조금 전까지 우세를 점하고 있던 들뜬 기분이 차갑게 가라앉는다. 그 자리를 대신하는 것은 불같은 분노였다. 자신을 얼마나 얕보면 제대로 활용조차 못 하는 검술을 사용하겠는가. 한순간 실험 재료로 전락 당한 기분은 자존심을 시궁창 밑바닥으로 처박히게 했다.

“죽여 버리겠다!”

“할 수 있다면.”

블루 스카이의 힘은 처음 검술을 익힐 때부터 단련해왔기에 자신의 것으로 만드는데 쉬웠지만, 레드 티어즈는 달랐다. 강화계의 힘은 전혀 다른 성질이며, 마지막 남은 범위계 또한 그러했다.

아직 두 번째 힘조차 얻지 못한 상황인데 세 번째 힘을 어떻게 얻어야 할지 생각하니 머리가 지끈거리는 기분이었다.

그랜드 마스터에 오르는 길이 까마득하기만 했다.

불란드 백작은 훌륭했지만, 평소 실험하지 못한 것을 활용할 정도의 수준에 불과했다.

실력은 뛰어났지만, 치열함이 부족했다.

본인은 오랜 시간 갈고 닦은 검격을 토대로 밀어붙여 상대를 꺾었겠지만, 비슷한 경지에 도달한 검사에게는 터무니없다.

한 가지 패턴은 금방 파악 당하게 마련이며, 그것이 두 번 이상 효과를 보기에는 요원한 일이었다.

경지는 높았으나 실전이 미숙한 예였다.

유델의 공격이 본격적으로 펼쳐졌다.

칼리오스가 말하길, 먼 옛날 고대 기사 시대에서는 그랜드 마스터에 도달하기 위해서는 마스터가 지닌 세 가지 힘을 모두 터득해야 한다고 했다.

강력한 힘을 활용하여 육체적인 능력을 극한까지 끌어올리는 강화계.

이론과 실전을 터득하여 수많은 변수를 계산한 뒤 수백 수천 개의 상황에 대처하여 상대를 농락하는 변환계.

마지막은 극한에 다다른 마나 운용으로 일정 공간 전체를 통제하에 두는 범위계가 바로 그것이다.

세세한 부분에 있어 차이가 존재했지만, 크게 세 분야로 나뉘는 이 힘은 온전히 터득하면 마스터 중에서 최강이라 칭해도 부족함이 없다.

하지만 그것도 어디까지나 방향을 제대로 설정했을 때 이야기다.

세상은 선택의 연속이며, 고대 기사 시대의 깨달음이 대부분 소실된 지금, 마스터의 경지에 오른 기사 중 올바른 방향으로 실력을 증진하게 시키는 기사는 극히 드물다.

더 강해지고자 하는 욕망이 존재하지만, 쉬운 길을 선택하여 어정쩡한 형태로 자리를 잡은 채 그대로 실력이 굳어지는 경우도 존재한다.

불란드 백작의 경우가 그러하다.

그는 뛰어난 육체 능력을 바탕으로 강화계 능력을 갈고 닦을 수 있지만, 변환계가 가져다주는 유혹에 시달려 날카롭게 곤두선 재능이 마모되었다.

유델 또한 칼리오스를 만나지 않았으면 그렇게 되었을 확률이 높았다.

더 높은 경지를 갈망하는 그로서는 강해질 수 있는 충동을 저버리기 힘들었다. 이는 모든 마스터에게 해당하는 경우이며, 최강의 반열에 들어선 이가 극히 드문 이유이기도 하다.

꽝! 하는 소리와 함께 불란드 백작의 손아귀에서 피가 터져 나왔다.

무수히 많은 유델의 검영을 막아내지 못하고 적중당한 것이다. 하늘에서 쏟아지는 비처럼 그의 검영은 불란드 백작을 거침없이 타격했다.

"끄아악!"

그는 비명을 지르며 몸을 뒤틀었다. 전신에 엄습하는 고통 때문이다. 경험이 많은 검사라면 고통을 참아내더라도 피해를 최소화하기 위해 방법을 타개했을 것이다. 하지만 온실 속 화초처럼 외부자극에 약했다. 전혀 접해보지 못한 전개가 이어지자 페이스가 흐트러지고, 흡사 모래로 지어진 성처럼 허무하게 무너져 내렸다.

쨍그랑! 하는 소리와 함께 빛을 잃은 그의 장검이 바닥을 뒹굴었다.

"끝났군."

감흥없는 목소리와 함께 유델이 앞으로 한 걸음 내딛자 불란드 백작이 인상을 쓰면서 뒤로 물러서다가 주변을 둘러보며 외쳤다.

"뭐, 뭐하는 거냐!"

아직 주변에는 포위망을 형성하고 있는 십여 명의 기사들이 있었다. 불란드 백작은 자리를 벗어나기 위해 그들을 이용하고자 했지만, 애초에 다른 가문에서 차출된 자들이기에 불란드 백작을 위해 목숨을 바칠 리 없었다.

상황은 최악으로 치닫고 있었다.

유델에게 따끔한 맛을 보여주고자 한 귀족 중 누구도 불란드 백작의 패배를 예견하지 않았다.

이곳에서 그를 두고 가면 협력한 귀족의 면면이 드러날 가능성이 높았다. 하지만 이곳에서 덤빈다 한들 버틸 확률은 적었다.

"…후퇴한다."

멈칫하던 기사 중 한 명이 말하자 다른 기사들이 고개를 끄덕이며 분분히 물러났다.

"이놈들!"

상황을 파악한 불란드 백작이 분노하여 목소리를 높였지만, 전투불능이 된 그가 할 수 있는 것은 아무것도 없었다.

널찍하게 포위망을 형성하고 있었기에 기사들이 도망치는 것도 어렵지 않았다. 한발 물러나며 자리를 벗어나려던 그들은 순간 멈칫했다. 폭발적인 기세를 발산한 유델이 차가운 미소를 지었다.

"쉽게 벗어날 수 있다고 생각했다면 오산이야."

슈아악!

대기를 가르는 소리와 함께 푸른 오러 수십 개가 생성되었다. 극도의 변화로 만들어난 오러였다. 오러 서클 같은 오러 블레이드 운용은 아니지만, 엑스퍼트 급 기사보다 월등한 위력을 품고 있는 만큼 붙잡아두는 것이 가능했다.

꽝!

"끅!"

오러와 충돌한 기사는 억눌린 신음을 흘리며 재빨리 뒤로 물러났다. 하지만 중심을 잡기 전에 어느새 쇄도한 유델로 인해 다음 생각을 이어나갈 수 없었다.

펵! 하는 소리와 함께 기사의 몸이 축 늘어졌다. 한 명을 제압한 유델은 곧장 다른 곳으로 몸을 날렸다. 극도의 변화가 가미된 그의 검에서 연이어 오러가 발산되자 기사들은 누구도 자리를 벗어날 수 없었다.

적중되면 그대로 목숨을 잃을 판인데 누가 모험을 감행할 수 있단 말인가. 결국, 그들은 근근이 버티다가 모래성처럼 무너져 내릴 뿐이었다.

"끝났군."

"……."

상황을 지켜보던 불란드 백작은 멍한 표정을 한 채 유델을 바라보았다. 그로서는 지금 상황이 꿈인지 생시인지 분간이 가지 않을 지경이었다.

"이제 본격적인 그림이 그려지겠어."

자신을 음해하려던 이들의 음모는 왕도에 큰 영향을 끼칠 터였다. 탈리스 후작이나 슈미스트 공작이 직접 움직이더라도 쉬이 꺼뜨리기 힘든 거대한 불길이 일기 시작한 셈이다.

유델은 미소를 지었다. 엘리나의 말처럼 왕도의 중심에 설 기회가 그에게 찾아왔다.

십만에 달하는 아슬론 왕국의 군대는 거침없이 아르셀 공작령으로 밀고 내려왔다.

연이은 격전을 벌여 지칠 법도 했지만, 제르앙 백작의 압도적인 신위에 사기가 오른 그들은 멀리서도 느껴질 만큼 난폭한 기세를 발산하고 있었다.

막연히 전쟁이 일어날 거라 생각하다가 막상 상황이 코앞에 닥치자 요새 안 병사들은 분주하게 움직이며 침공에 대비했다.

삼만 대 십만이라는 차이가 존재했지만, 양쪽 협곡을 끼고 있기에 방어하는데 최적의 조건을 지니고 있었다.

"……."

카스트로 자작은 상황을 주시하며 생각에 잠겼다. 곁에 선 카펠로 남작을 비롯한 피닉스 기사단 소속 기사들은 그의 눈치를 살피며 상황을 계산하기에 바빴다.

가장 먼저 말문을 연 것은 카펠로 남작이었다.

"결정을 내리셔야 합니다."

"결정이라."

"이대로 두면 랜필드 왕국이 그러했던 것처럼 병력을 분산시킬 것입니다."

여러 차례 아르셀 공작령을 침공한 적 있는 랜필드 왕국군은 요새를 마주할 때마다 일정한 병력을 남겨둔 채 영지로 진군하고는 했다.

아슬론 왕국군 또한 그러한 방법을 선택할 가능성이 농후
했다.

그걸 알고 있기에 카펠로 남작은 그에게 선택을 요구하는
것이다.

요새를 지키는 것은 병사들을 능숙하게 지휘하는 자가 맡
으면 된다. 하지만 요새를 두고 영지 안으로 진군할 경우 적
의 전력 앞에 아군은 큰 위기를 맞이하게 된다.

카스트로 자작은 적의 마스터 제르앙 백작과 맞설 수 있는
유일한 마스터다.

그가 두 명의 마스터를 상대했다고 하나, 그 사실만으로 실
력의 고하를 가르는 것은 어려웠다. 카스트로 자작은 카펠로
남작이 본 가장 강한 검사였고, 그런 그가 패배한다는 것은
생각도 해본 적이 없다.

그의 말은 어찌 보면 카스트로 자작이 요새 밖으로 나가 병
사들을 지휘해달라는 말과 같았다.

"제르앙 백작은 강하더군."

"단장님도 강하십니다."

"난 늙고, 그자는 아직 젊어. 삼십대의 어린 나이로 두 명
의 마스터를 상대했지. 그가 바로 악마의 재능 소유자가 아닐
까 싶을 정도로 대단한 실력이더군."

한순간 진실에 근접했지만, 누구도 깊게 생각하지 않았다.

지금 그들에게 중요한 것은 카스트로 자작의 결정이었으

니까.

"하지만 내가 아니면 그자를 막을 이도 없겠지."

"단장님이시라면 충분히 그를 꺾을 수 있을 것입니다."

"변함없는 믿음 고맙군. 먼저 왕도로 소식을 보내도록. 지원군의 존재가 필요하다고. 그 사이 내가 힘껏 막아보도록 하지. 카펠로 남작."

"예, 단장님."

고개를 살짝 숙인 카펠로 남작이 힘 있는 목소리로 대답했다.

"이곳을 맡도록. 어떠한 일이 있어도 넘겨주면 안 된다는 걸 알고 있겠지?"

"물론입니다. 목숨을 바쳐 지켜내겠습니다."

"자네라면 믿음직하지. 그리고……."

주변을 둘러보며 카스트로 자작은 명령을 내리기 시작했다. 기사들은 고개를 끄덕이며 각기 맡은 임무에 따라 여기저기 흩어졌다.

양쪽 협곡을 끼고 있는 요새는 앞뒤로 통하는 문밖에 존재하지 않는다.

워낙 지형이 험준하기에 전문 길잡이가 나이면 자칫 길을 잃을 정도였다.

카스트로 자작을 비롯한 일부 기사들은 요새 정문이 아닌 비밀통로를 통해 밖으로 나왔다.

"가문으로 향한다."

그들이 목적지로 삼은 곳은 아르셀 공작령 중심부였다.

십만에 달하는 군대는 라이오스 지방을 방어하기 위해 여러 곳에 흩어져 있었다. 카스트로 자작은 아르셀 공작령에 주둔하고 있는 칠만의 군대를 지휘하여 적의 진군을 막을 생각이었다.

칠만으로 십만에 달하는 군대를 막아서는 것은 어려운 일이지만, 카펠로 남작의 역할에 따라 지원군이 도착할 시간을 버는 것이 가능했다.

이번 임무는 그의 역할에 따라 가문의 안전이 보장되는 만큼 카스트로 자작의 행동은 어느 때보다 신중했다.

요새에 마련된 비밀통로는 엉뚱한 곳으로 향한다. 땅굴을 파서, 마법을 통해 만들어진 이곳은 사방이 확 트인 평지였다. 혹시나 모를 적의 정찰병에 대비하여 카스트로 자작과 기사들은 울창한 숲 사이로 몸을 숨겼다.

요새 안에 마스터가 있고 없고의 여부는 전황에 큰 영향을 끼친다. 그가 최대한 비밀로 하고 움직이는 것은 전면전이 벌어질 때 최대한 큰 힘을 발휘하기 위함이다.

복잡한 길을 통해 숲을 벗어난 그는 곧바로 인근에 위치한 마을로 향했다. 이미 소식을 전했기에 그곳에 말을 준비해놓았다. 그것을 타고 즉각 가문으로 이동하여 지휘체계를 인도

받아야 했다.

무사히 마을에 도착해 말을 탄 그들은 발 빠르게 영지로 향했다. 하지만 출발한 지 얼마 되지 않아 멈춰 설 수밖에 없었다. 확 트인 평야에 홀로 서 있는 인영이 시야에 들어왔던 것이다.

"속도를 줄이도록."

정체를 모르고 있었기에 카스트로 자작은 명령을 내린 뒤 천천히 접근했다. 그리고 상대의 정체를 알아보자 그의 표정이 딱딱하게 굳어갔다.

그들을 가로막고 있는 것은 은빛 갑옷을 차려입은 기사였다.

그 복장은 카스트로 자작에게 누구보다 인상 깊게 각인되어 있었다. 어찌 잊을 수 있을까. 두 명의 마스터를 상대로 팽팽한 대결을 벌이던 최강의 마스터가 바로 그였는데.

"정말이군. 이곳으로 왔어."

무뚝뚝한 음성이 투구에서 흘러나왔다. 동시에 살벌한 기세가 흘러나왔다.

"물러나라!"

잔뜩 경직된 음성에 기사들이 사방으로 흩어졌다.

카스트로 자작은 지금 이것이 최고의 선택이라고 생각했다.

어떻게 알고 이곳에 왔는지 알 길이 없다. 하지만 한 가지 확실한 것은 그가 순순히 이곳에서 자신들을 놓아줄 리 없다는 점이다.

무슨 일이 있어도 아군의 진영에 소식을 전달해야 했다. 전반적인 사실을 전달했지만, 아슬론 왕국군이 지니고 있는 위험에 대해서 제대로 파악하고 있는 이는 극소수에 불과했다.

카스트로 자작의 머릿속이 빠르게 회전했다. 그리고 결정을 내린 뒤 다시 한 번 기사들에게 외쳤다.

"모두 영지로 향하라!"

"다, 단장님!"

동행한 기사들은 경악했다. 도대체 눈앞의 기사가 누구기에 카스트로 자작이 이토록 긴장을 한단 말인가.

그들의 의문을 풀어줄 생각이 없었던 그는 재차 외쳤다.

"명령이 안 들리는가. 한 번 더 항명하면 즉결심판이다. 군령이다, 어서 가문으로 돌아가 상황의 위급함을 알려."

"아, 알겠습니다."

대답을 한 기사들은 곧바로 제르앙 백작을 지나쳐 영지로 향하려 했다.

그 순간, 그의 검에 푸른빛이 번뜩였다.

"끄아악!"

섬광이 일어나는가 싶더니 기사 하나가 비명과 함께 몸이 난자되어 죽음에 이르렀다. 가공할 신위에 놀란 기사들이 사방으로 흩어지려 했지만, 한 마리 독수리처럼 표홀한 움직임으로 말과 함께 기사의 몸을 양단해버리는 그의 신위는 인간의 것을 초월해 있었다.

촤아악!

순식간에 세 명의 기사가 목숨을 잃었다. 카스트로 자작과 동행한 기사의 숫자가 네 명인 걸 감안하면 한 명을 남기고 모조리 죽음에 이른 것이다. 마지막 남은 기사를 처리하기 위해 그가 검을 휘두를 때, 앞을 막아서는 인영이 있었다.

까앙!

맑은 금속음이 울려 퍼지면서 제르앙 백작의 신형이 뒤로 밀려났다.

"다, 단장님."

"어서 가라! 가서 소식을 전해!"

"아, 알겠습니다!"

다급한 목소리에 기사가 황급히 멀어졌다. 제르앙 백작은 그를 처리하기 위해 걸음을 내디뎠지만, 카스트로 자작이 곧장 앞을 가로막았다.

"모두 처리하지 못했군."

"쉽게 처리할 수 있으리라 생각했나."

"상관없어. 살려둬도 본국을 막을 수 없으니까."

오만한 말이었지만, 카스트로 자작은 아무 대답을 하지 않은 채 검을 들었다. 검 끝에서 푸른 오러 아지랑이가 일렁이자 제르앙 백작도 더 이상 다른 곳에 신경을 기울이지 못했다.

한동안 대치 상황이 이어졌지만, 그의 실력을 눈으로 본 카스트로 자작은 작은 틈이 드러나자마자 곧장 공격을 감행했다.

쨍! 꽈과광!

순식간에 십여 번의 충돌이 이어지며 격렬한 폭음이 울려 퍼졌다.

기습에 가까운 공격이었음에도 불구하고 카스트로 자작은 조금의 이익도 보지 못했다. 제르앙 백작이 휘두른 검에 뒤로 밀려난 그는 황급히 중심을 잡고 이어질 공격에 대비했지만, 그는 달려들지 않았다.

여태까지 얼굴을 가리고 있던 투구를 벗었을 뿐이다.

"방해가 되는군."

짧은 공방이지만, 카스트로 자작의 실력이 범상치 않은 것을 파악한 제르앙 백작은 온 정신을 그에게 집중했다. 방어를 위해 쓴 투구를 제거한 것은 어느 정도 제약을 가해둔 시야마저도 필요한 상황이란 걸 뜻했다.

제르앙 백작이 자세를 잡기 전에 카스트로 자작이 득달같이 달려들었다. 푸른 오러가 번뜩이며 강렬한 폭음이 다시 한 번 사방에 울려 퍼졌다.

두 마스터의 대결이 공간을 지배해나가기 시작했다.

제 5 장 악마의 재능과 그랜드 마스터

　유델을 습격한 사실은 왕도 전체를 뒤집어놓기에 부족하지 않았다.

　일약 왕국 최고의 영웅이 된 그를 습격한 이가 있었다니.

　밝혀진 면면은 그 사실만큼이나 놀라웠고 흥미로웠다.

　뛰어난 마스터라 알려진 불란드 백작은 물론, 탈리스 후작가, 슈미스트 공작가를 따르는 가문의 기사들이 유델의 손에 사로잡힌 것이다.

　그들은 아니라고 부인하며 공모 사실을 묻어버리려 했지만, 그러한 주장은 오래가지 못했다.

　외장 서클을 이용한 유델이 불란드 백작과의 대화 내용을 저장해놓은 것이다.

마법만큼 확실한 증거는 없었다. 불란드 백작을 비롯한 유델에게 위해를 가하는데 협조한 십여 개의 가문은 논공에서 제외되어 쓸쓸히 왕도를 벗어나야 했다.

그들과 긴밀한 관계를 맺고 있는 가문은 감히 나설 수 없었다. 자칫 잘못하면 그들까지 일원이 되어 왕도를 쫓겨날 판이었던 것이다.

그렇게 생겨난 권력의 공백은 고스란히 아르셀 공작의 것이 되었다. 이미 권력의 맛을 본 귀족들은 그것을 탐내는 눈치가 역력했지만, 레일리아는 더 이상 그들의 사정을 봐주지 않았다.

유델 습격 사건은 아르셀 공작가의 기반을 보다 단단히 다져놓는 기회가 되었다. 이 여세를 몰아 회의를 개최한 레일리아는 북부로 군대를 파견하는 안건을 발의했다.

"아슬론 왕국의 군대가 침공한 상황이에요. 이에 지원군을 편성하고자 해요."

"……."

귀족들은 아무 말도 하지 않은 채 서로의 눈치를 살피기 바빴다. 이 자리에 남은 그들은 어느 정도 눈치가 있었다. 자신들이 이만큼 권력을 누릴 수 있었던 이유가 북부로 빠져나간 아르셀 공작가의 군대 덕분이다. 만약 자신들의 군대가 빠져나가면 지금 같은 영향력을 발휘하기 힘들 터였다. 레일리아의 속내를 알아차린 그들은 아무 말도 하지 않음으로써 무언의 부정을 하고 있었다.

"아무 말도 없다면 제 뜻대로 해도 된다는 뜻인가요?"

"그, 그건 아닙니다, 공작 전하."

예상과 달리 당차게 나오는 레일리아의 태도에 귀족들은 당황했다. 그러던 중 입을 연 것이 바로 펜스터 백작이었다. 순식간에 시선이 집중되자 그는 붉어진 안색으로 헛기침을 하며 자리에서 일어났다.

"지금 상황에서 북부로 병력을 파견하는 것은 시기상조입니다."

"어째서죠?"

"아직 왕도는 물론 중부 지방과 동부 지방의 치안이 확립되지 않은 상황입니다. 이곳은 점령지입니다. 전력의 공백은 필연적으로 적들의 반발을 불러일으킬 수밖에 없습니다. 북부는 카스트로 자작님에게 맡기고 우리는 이곳을 안정시키는 데 주력하는 것이 좋다고 생각합니다."

교묘한 말이었다.

펜스터 백작의 말은 군대를 파견하기 싫다는 뜻이며, 교묘하게 카스트로 자작의 능력을 띄워놓음으로써 레일리아가 반박하기 어렵게 만들었다.

얼마 전까지만 하더라도 레일리아는 이 말에 쉬이 대응하지 못했을 것이다.

하지만 지금은 달랐다.

자칫 잘못하면 라이오스 지방 전체가 위태로운 사안이었다. 입가에 미소를 지은 그녀가 펜스터 백작의 말에 정면으로 반박했다.

"백작의 말은 세 가지나 틀렸어요. 첫째, 중부 지방과 동부 지방은 안정되어 있으며, 많은 병력이 주둔하는 것은 위화감을 조장할 뿐이에요. 둘째, 반란은 이미 카르비앙 자작이 대부분 진압을 했어요. 만약 반란이 일어나면 왕도에 주둔하고 있는 본가의 병력을 파견하도록 하겠어요. 마지막 이유는 지금 내가 하는 말은 단순히 부탁을 하기 위함이 아니에요."

"……."

강경한 그녀의 말에 모든 귀족의 시선이 그녀에게 몰려들었다. 어느새 싸늘하게 가라앉은 시선이 그들을 훑고 있었다.

"난 지금 그대들에게 명령을 내리고 있는 거예요. 이게 무엇을 뜻하는지 알고 있나요?"

레일리아가 말하는 의미를 알아차린 그들의 표정이 딱딱하게 굳었다.

왕위 계승자!

왕이 아니지만, 그녀의 말은 왕의 명령과 같았다. 모든 귀족은 잘못된 사안이 아니라면 왕의 명령을 존중해야 할 의무가 있다. 라이오스 지방은 교통의 요지이자, 왕가의 힘이기도 했다. 왕가가 위험에 처한 만큼 귀족들은 병력을 파견해 지킬 의무가 존재했다.

귀족들은 서로 눈치만 보고 있을 뿐, 다른 말을 하지 못했다.

레일리아의 의지는 확고했다. 권력을 차지하고자 이전투구를 벌이고 있는 실정이지만, 그녀의 뜻을 정면으로 거스르면 추후에 여러모로 문제가 야기될 가능성이 높았다.

묘한 대치 상황이 이루어지면서 누구도 말을 꺼내지 않았다. 이권을 챙겨야 하는 귀족들 입장에서는 자신의 입지가 약해질 상황을 초래할 리 없었다.

점점 낮게 가라앉는 분위기 속에서 손을 든 자가 있었다. 한순간 그에게 시선이 집중되는 것은 당연했다. 레일리아 또한 손을 든 사람을 보고 다소 놀란 표정을 지었다가 그를 불렀다.

"카르비앙 자작."

"공작 전하, 제가 의견을 드려도 괜찮겠습니까?"

"말해 봐요."

자리에서 일어난 유델이 한 차례 귀족들을 둘러보았다. 최근 그의 움직임으로 인해 손해를 본 귀족들과, 불란드 백작을 충동질한 이들은 헛기침을 하면서 시선을 외면하기 바빴다.

"먼저 라이오스 지방을 지키는 것은 시급한 일입니다. 군이 의견을 묻는 것이 아닌, 동원령을 내리면 간단한 일로 알고 있습니다."

유델의 목소리는 단호하기 그지없었다. 당연히 반발해야 했지만, 은연중 싸늘한 기세가 발산되자 아무 말도 하지 못하고 지켜봐야 했다.

"라이오스 지방은 왕국의 심장과도 같은 곳입니다. 그곳을 지키기 위해서 제가 가진 모든 것을 꺼내놓도록 하겠습니다."

그의 말은 상당한 파장을 일으켰다. 이 사실을 알고 있는 귀족들의 안색이 변하는 건 당연한 수순이었다.

카르비앙 자작가의 모든 저력!

그 숫자는 미미하기 그지없지만, 상징성은 상상도 못할 만큼 크다.

그가 아르셀 공작가의 가신이라는 걸 모르는 이는 아무도 없다. 전쟁에 있어 상당한 병력을 내놓아야 하지만 상당한이란 단어와 모든이란 단어의 차이는 클 수밖에 없다.

유델이 이렇게 나온 이상 귀족들 또한 전력 동원에서 자유로울 수 없다.

오늘 회의 내용이 외부로 알려진다면 자칫 몸을 사린 귀족들은 맹비난을 살 수 있어서이다.

왕도의 이권 차지하기에 혈안이 되어 있는 그들로서는 백성들의 마음이 완전히 돌아서면 다음 일이 힘들어지는 것은 당연했다. 그 민심이 레일리아에게 향하면 추후, 그녀에게 권력이 집중될 것은 불을 보듯 뻔했다.

그제야 유델이 한 말속의 의미가 무엇인지 알아차린 귀족들은 이를 갈았다. 자신들이 빠져나올 수 없는 덫을 쳐놓은 것이다.

레일리아는 표정 하나 바꾸지 않은 채 담담히 고개를 끄덕였다.

"자작의 제안을 받아들이겠어요."

"감사합니다."

"카르비앙 자작은 모든 것을 내놓을 준비가 되어 있다고 하네요. 여러분은 어떻죠?"

흐름에 민감한 귀족들은 눈을 지그시 감았다. 얼마 되지 않는 숫자였지만, 유델의 공개적인 선언은 그들을 빠져나오지 못할 함정에 밀어 넣었다.

더 이상 그들에게 선택권은 없었다. 자유를 박탈당한 그들은 레일리아가 원하는 대로 상당한 숫자의 전력을 내어줄 수밖에 없었다.

"후욱! 후우우."

"제법 질겼어."

거칠어진 숨결을 가다듬은 제르앙 백작이 차갑게 가라앉은 눈으로 상대를 바라보았다. 멀쩡한 그와 달리 맞은편에 선 카스트로 자작은 처참한 몰골이 되어 있었다.

왼팔은 사라져 흉측한 상처를 고스란히 드러내고 있었고,

몸에 걸치고 있던 갑옷은 걸레처럼 너덜너덜하게 바뀌어 있었다. 무엇보다 전신이 피에 절어 지켜보는 이들을 섬뜩하게 만들었다.

탈진하여 입에서 단내가 흘러나오고 있었지만, 카스트로 자작의 투지만큼은 사라지지 않았다.

차분히 숨을 가다듬은 그가 느릿한 동작으로 검을 치켜들었다.

"아직 끝나지 않았다."

"……."

제르앙 백작의 얼굴에 파문이 일었다.

표정 변화가 많지 않은 그였지만, 눈앞의 카스트로 자작은 트롤처럼 질긴 작자였다.

자신의 신체 일부분을 희생하면서 끝까지 공격의 물꼬를 트려고 했고, 최대한 자신에게 상처를 입히려는 모습은 기가 질릴 정도였다.

형형하게 빛나는 눈을 보지 않았더라면 그 또한 큰 부상을 입고 최악의 상황을 치달았을 것임이 분명했다.

무엇보다 그의 마음에 들지 않는 것이 있었다.

타오르는 듯한 눈빛이 카스트로 자작을 향했다. 당장 죽어도 이상할 것 없지만, 그는 사냥감의 마지막 숨통을 노리는 맹수와도 같았다.

"그 눈빛, 기분 나빠."

“…….”

“언젠가 한 번 본 눈빛이지.”

그는 카스트로 자작이 한 눈을 어디서 봤는지 떠올렸다. 공교롭게도 같은 가문에 속한 유델의 눈빛과 흡사했다.

그를 제거하기 위해 음모를 꾸며 궁지로 몰아넣었을 때도 그는 끝까지 자신의 빈틈을 살폈다. 그리고 엑스퍼트 최상급에 불과하던 그에게 일격을 허용하고 숨기고 있던 정체를 들키고 말았다.

제르앙 백작에게 있어 그날의 일은 일생일대의 수치였다. 점점 매섭게 바뀐 그의 기세는 살벌할 정도로 강렬하게 휘몰아쳤다.

“이제 끝내야겠어.”

숨이 턱턱 막혀왔다.

제르앙 백작의 기세는 여태까지 겪어온 누구의 것보다 강렬했다.

남은 힘을 쥐어짜 검을 움켜쥔 카스트로 자작은 앞을 응시했다. 피가 너무 빠져나가서인지 시야가 흐릿하며 정신이 아찔해졌다. 오랫동안 단련해온 정신력으로 남은 힘을 모두 검에 응집했다.

‘나를 알아준 가문을 위해 희생하는 것은 상관없다. 하지만…….’

눈앞의 제르앙 백작.

눈으로 봤던 만큼 압도적인 강함을 지니고 있었다.

두 명의 마스터조차 감당하지 못하는 괴물 중 괴물.

대체 그를 누가 막을 수 있단 말인가.

탈리스 후작도, 반데르트 자작도 자신 못지않은 실력을 지니고 있지만, 혼자서는 역부족이었다.

뒤늦게 합공의 필요성을 깨닫는다 한들 그들은 이미 이 세상 사람이 아니게 될 가능성이 농후했다.

'나머지는 남은 사람들의 몫. 부디 아슬론 왕국 앞에 가문이 무사하길.'

이를 꽉 깨문 카스트로 자작이 제르앙 백작에게 쇄도했다.

회의가 끝났다.

지원군의 숫자는 도합 오만으로 정해졌다.

유델을 비롯한 라이오스 지방 귀족들이 짜낸 일만의 군대와 서부, 남부에서 지원한 이만의 군대였다.

지원군 파견이 결정되자 귀족들은 총사령관 자리를 두고 긴 신경전에 돌입했다. 왕도 내에서 입지가 약화하면 전쟁으로 공을 챙겨야 했다.

긴 신경전 끝에 낙점된 것은 탈리스 후작이었다. 반데르트 자작과 끝까지 경합을 했지만, 작위가 더 높은 그가 군대를 이끌 적임자란 결정이었다.

가문의 모든 힘을 동원하기로 결정을 내린 유델은 그 용기를 인정하여 부사령관으로 올라설 수 있었다.

하지만 문제는 그다음 터졌다.

회의가 막 끝나려고 할 무렵, 급보가 전해진 것이다.

가장 먼저 내용을 본 레일리아의 얼굴에 핏기가 사라졌다. 순간, 비틀거린 그녀가 의자에 앉으며 축 늘어졌다.

"공작 전하!"

자리에서 일어난 유델이 바람 같은 움직임으로 레일리아에게 향했다. 귀족들이 보기에는 공간을 이동한 듯한 착각을 주는 날랜 움직임이었다.

하나, 유델의 움직임은 거기까지였다. 한 손으로 얼굴을 움켜쥔 레일리아가 손을 들어 그를 제지한 것이다.

"물러가도록."

"예……."

걱정이 앞섰지만, 이곳은 수많은 사람이 모인 대전이었다.

감정을 억지로 억누른 유델이 제자리로 돌아가 앉았다. 잠시 숨을 고르던 레일리아는 부들부들 떨리는 손으로 편지를 잡아들었다. 핏기 하나 없는 모습은 애처롭기 그지없었으나 귀족들의 관심사는 오로지 그녀가 들고 있는 편지를 향해 있었다.

"급보가 도착했네요. 급보 내용은… 카스트로 자작이… 적의 마스터 제르앙 백작에게 목숨을 잃었다는 내용입니다."

말을 하는 레일리아의 음성은 불안정하게 떨리고 있었다.

그리고 이야기를 듣고 있던 귀족들 또한 경악하여 한동안 아무 말도 하지 못했다.

"맙소사!"

"카스트로 자작님이 어째서……."

카스트로 자작은 최강의 마스터에 속한 검사였다. 그의 신위는 의심할 여지가 없다.

탈리스 후작과 반데르트 자작 또한 표정을 굳히고 있었다. 은연중 라이벌이라 생각하던 그의 죽음은 그들로서도 믿기 힘들었다.

"카르비앙 자작."

"예, 공작 전하."

"나머지 내용은 자작이 설명하도록 해요."

차마 안의 내용을 모두 읽을 수 없었던 레일리아가 유델에게 종이를 넘겼다. 표정을 굳힌 채 받아든 유델은 빠르게 내용을 읽어들이더니 말문을 열었다.

"적 제르앙 백작은 랜필드 왕국과의 전쟁에서 네 명의 마스터를 참살했고, 나중에는 두 명의 마스터와 겨뤄 호각세를 보였다고 합니다."

"말도 안 돼!"

"저, 정녕 그 말이 사실이랍니까?"

"혼자서 두 명의 마스터를!"

곳곳에서 경악성이 터져 나왔다. 카스트로 자작이 직접 목격했다고 적힌 내용은 그만큼 충격적이었다.

마스터는 결코 두 명의 동급 경지 실력자를 감당하지 못한다.

이것은 당연한 정설로 받아들여지고 있었다.

하지만 제르앙 백작에 관련된 내용은 그러한 상식의 틀을 깨고 있었다.

불안한 안색으로 서로의 눈치를 살피는 귀족들. 그제야 아슬론 왕국의 침공이 얼마나 위험한 것인지 깨닫기 시작한 것이다.

"그랜드 마스터일지도……."

누군가의 중얼거림은 회의장을 침묵으로 몰아넣었다.

마스터이기에 설명이 되지 않지만, 그랜드 마스터라면 모든 것이 설명되었다.

그 강함도, 카스트로 자작의 죽음도.

귀족들은 서로의 눈치를 살피면서 아무 말도 하지 않았다.

그 긴 침묵은 혼자만의 시간을 갖고 싶다는 레일리아의 말을 끝으로 깨질 수 있었다.

"단장님이……."

회의장을 나선 유델은 눈을 감고 말았다. 겉으로 내색하지 않았지만, 그 또한 카스트로 자작의 죽음이 충격적일 수밖에 없다.

굳건한 대들보와 같이 가문을 받쳐주던 것이 카스트로 자작이다.

누구에게도 패할 것 같지 않고, 언제나 한결같이 가문을 위해 살아갈 것 같았던 검사가 바로 그다.

그런 그가 제르앙 백작에게 목숨을 잃을 줄이야.

내심 제르앙 백작이 마스터 중 최강의 신위를 발휘하며, 그랜드 마스터에 가깝다는 걸 알고 있었다. 하지만 카스트로 자작의 죽음은 그 진실을 외면할 정도로 충격적이었다.

"결국, 이렇게 되는 건가."

카스트로 자작의 죽음으로 라이오스 지방은 커다란 전력의 공백이 생긴 상태였다.

회의장을 벗어나 산책로로 진입한 유델은 저 멀리서 빠른 걸음으로 다가오는 엘리나를 볼 수 있었다.

회의 전, 레일리아를 만났던 그녀는 회의가 끝난 뒤 유델과 함께 돌아가기로 약속이 되어 있었다. 멀리서 다가오는 그녀의 눈에는 눈물이 맺혀 있었다.

"유델 경."

슬픔이 담긴 목소리와 함께 그의 품에 안겨드는 엘리나. 어깨를 들썩이는 그녀를 안아주며 유델은 아무 말도 하지 않았다.

"할아버지가, 할아버지가……."

"나도 들었어. 정말 유감이야."

"전 할아버지가 세상에서 가장 강할 거라 생각했어요. 거 짓이겠죠? 누군가가 우리를 놀리기 위해 거짓을 말한 거겠 죠?"

"……."

현실을 부정하는 그녀를 보며 유델은 가만히 고개를 저었 다. 내심 자신의 말에 긍정을 표하길 바랐지만, 냉정한 유델 의 말에 엘리나는 다시 한 번 눈물을 흘렸다.

"제르앙 백작은 강해. 그랜드 마스터에 근접한 마스터이기 도 하지."

"흑! 흑흑!"

"이번 전쟁에서 그자를 베고 오겠어. 그게 내가 할 수 있는 최선의 일이겠지."

첫 만남에서 유델은 느낄 수 있었다.

제르앙 백작과 자신은 양립할 수 없는 사이라는 것을.

숱한 마찰을 일으켜왔고, 결국에는 같은 하늘을 이고 살 수 없는 관계에 이르렀다.

"안 돼! 안 돼요!"

하지만 유델의 말을 들은 엘리나는 울던 것을 멈추고 크게 소리쳤다. 놀란 표정을 했지만, 그녀는 결연한 표정으로 외쳤 다.

"절대 보낼 수 없어요!"

카스트로 자작은 아르셀 공작가에서 가장 강한 기사였다.

유델이 올리비앙 총독을 꺾었지만, 아르셀 공작가 기사들은
여전히 카스트로 자작이 유델보다 강하리라 생각했다.

그런 그를 죽음에 이르게 만들 정도라면 제르앙 백작의 실
력은 유델을 뛰어넘는다는 말이 된다. 엘리나는 절대 그를 보
낼 수 없었다.

"갈 수 없어요! 할아버지에 이어 유델 경까지 잃으라고요?
난 안 돼요. 절대 보낼 수 없어."

"이미 정해진 사실이야."

"난 몰라요! 갈 거면 날 짓밟고 가요!"

그녀의 행동은 기사의 자존심을 자극할 수 있지만, 걱정하
는 마음이 절절하게 전해지고 있었다.

"……"

유델은 그녀에게 뭐라고 말을 하기가 어려웠다.

안심을 시켜주기 위해서는 제르앙 백작을 꺾고 오겠다는
말을 해야 했지만, 그의 실력은 자신으로서도 승부를 장담할
수 없었던 것이다.

아니, 오히려 지금은 그보다 부족하다고 해야 함이 옳았다.

신검의 힘을 자신의 것으로 만들고 능숙하게 활용할 줄 알
아야 비로소 동수를 이룰 수 있을 정도라 생각될 정도였으니
까.

"가지 않을 거죠? 약속해요!"

"미안."

“정말 제 부탁을 들어주지 않을 건가요?”

“오만이 넘는 군대가 지원되고, 라이오스 지방을 지키는 일이다. 가문의 기사인 내가 빠지는 게 옳다고 생각하나?”

“그, 그렇지만…….”

말끝을 흐리는 엘리나의 눈은 불안정하게 흔들리고 있었다. 귀족 가문에서 자라난 그녀가 어찌 그 사실을 모를까. 하지만 카스트로 자작이 당할 정도라면 유델이 나서도 결과는 마찬가지일 확률이 높았다.

왕가와의 전쟁이 끝난 지 얼마 되지도 않은 시점이었다. 사랑하는 남자를 다시 한 번 전장으로 내보내기에는 너무나 가혹한 시련이었다.

유델은 아무 말 없이 그녀를 안아주었다. 망설이지 않고 안겨드는 그녀의 몸은 가늘게 떨리고 있었다. 무슨 말을 하더라도 먹히지 않을 거란 걸 알고 있었다. 그는 부드럽게 그녀의 등을 토닥여주었다.

“날 믿어.”

“정말 믿어도 돼요?”

“믿어. 내가 여태까지 약속을 어긴 적이 있어? 무사히 돌아올 거야. 승산이 있으니 출전하는 거고, 모든 것이 가문을 위해서야. 이번 전쟁이 끝나면 모두 행복해질 수 있어.”

양 볼을 감싸 쥔 유델이 눈을 마주치자 거세게 떨리던 눈동자가 서서히 본래대로 돌아오기 시작했다. 가볍게 입맞춤을

한 유델이 말했다.

"마지막이야. 알겠지?"

"네, 마지막이에요. 다음에는 보내달라고 해도 보내지 않을 거예요. 알았죠?"

"그래."

"정말이에요?"

"알았다니까."

엘리나는 몇 번이나 말하며 유델에게 거듭 다짐을 받았다. 여전히 불안한 안색이었지만, 예의 격한 감정은 가라앉아 있었다. 양팔을 뻗어 목에 두른 그녀가 가볍게 입맞춤을 하며 뒤로 물러났다.

"남자의 일을 가로막을 수 없죠. 일 보시고 돌아오세요. 기다리고 있을게요."

"그래, 그리고 미안."

싱긋 미소를 지은 엘리나가 멀어졌다. 그녀가 사라지자 유델은 나직이 한숨을 내쉬었다. 이번 출전은 그 또한 장담하기 힘들 만큼 위험한 원정이었다.

호승심이 강한 탈리스 후작이 나서려고 할 테지만, 총사령관직을 맡은 이상 쉬이 움직일 수 없었다.

결국, 나서야 하는 것은 자신일 터.

제르앙 백작의 실력은 신검의 힘을 활용할 수 있음에도 장담할 수 없는 강자였다.

“제르앙 백작이라.”

그에게 있어 제르앙 백작은 애증이 교차하는 존재였다.

자신을 죽이려고 했지만, 그와의 혈전 덕분에 마스터로 올라설 수 있었다.

죽음을 생각하게 만드는 극한의 상황을 겪지 않았다면 언제 경지에 올라설 수 있을지 모를 터였다. 자신을 죽이려고 한 그에게 분노하면서 한편으로는 고마운 마음을 갖고 있기도 했다.

“반드시 꺾어야겠지.”

혼잣말로 자신에게 다짐하는 그였다. 제르앙 백작을 꺾지 못하는 한 아슬론 왕국의 위협은 계속될 터였고, 레일리아를 향한 알렉시온 국왕의 야망은 사라지지 않을 것이다.

거듭 결심을 다지던 유델이 멈칫했다. 고개를 돌린 그는 건물 사이로 가려진 곳을 향해 말문을 열었다.

“…누구십니까?”

“…나야.”

건물 벽에서 모습을 드러낸 것은 레일리아였다.

유델의 표정이 굳었다.

다른 곳에 신경이 집중되었지만, 마스터의 기척은 넓게 펼쳐져 있었다.

놀랍게도 레일리아는 방심한 자신을 속일 정도로 오랫동

안 건물에 서 있었다. 그녀의 기운이 익숙하기도 하지만 감각을 속일 만큼 실력이 뛰어나다는 것을 의미하기도 했다. 살짝 표정을 굳힌 그가 레일리아를 살폈다.

어둠에 가려져 있던 그녀의 얼굴이 달빛에 드러나자 붉게 달아오른 기색이 눈에 들어왔다. 발달한 후각에 살짝 전해지는 주향은 그녀가 술을 마셨다는 걸 알게 해주었다.

"언제부터 계셨습니까?"

"엘리나와 만날 때부터."

"…다 보셨군요."

그녀와 나눈 이야기부터 시작해서 포옹과 입맞춤 등, 모든 것을 지켜보았다고 하자 당혹스러운 한편 묘한 기대감이 들기 시작했다.

어찌 보면 자신의 마음을 먼저 저버린 것은 그녀였다. 그 틈을 파고든 것은 엘리나였고, 극진하고 사랑스러운 모습에 유델은 마음을 허락했다.

하지만 그녀는?

아직 그녀의 마음이 어떤지 잘 모른다.

그래서 알고 싶었다.

완전히 자신에 대한 미련을 버린 것인지.

아니면 조금이라도 마음을 품고 있는 것인지.

"다 봤어."

"부끄러운 모습을 보였습니다."

"남녀의 다정한 모습이 부끄러울 이유는 없지."

별다른 내용을 품고 있지 않았지만, 그녀의 목소리는 냉랭했다.

유델은 아무 말도 하지 않은 채 그녀를 지켜보았다. 차갑게 표정을 굳히다가 자신의 표정을 깨닫고는 황급히 풀었지만, 이미 분위기는 이상하게 변해 있었다.

"……."

둘 사이 어색함이 감돌았다. 원인을 제공한 레일리아는 내심 당혹스러웠다. 어떻게든 분위기를 전환할 출구를 마련하고자 했지만, 한번 가라앉은 분위기는 쉬이 전환하기 어려웠다.

그것은 내심 유델도 마찬가지.

갈피를 잡지 못하는 그녀를 향해 아쉬움이 담긴 어조로 말을 열었다.

"단장님의 일은 유감입니다."

"아……."

잠시나마 질투심에 휩싸여 있던 그녀는 다리에 힘이 풀리는 것을 느꼈다. 비틀거리며 주저앉을 뻔하다 간신히 균형을 잡자, 놀라 다가오던 유델이 엉거주춤 자리에 멈춰 섰다.

"죄송합니다."

"아니, 괜찮아. 할아버지의 일은 어쩔 수 없는 거였으니까."

그렇게 말하고 있지만, 그녀의 표정은 진정될 기미가 보이지 않았다.

전대 아르셀 공작이 죽은 상황에서 카스트로 자작은 가문에 마지막 남은 원로이자 변함없이 그녀를 지지해주는 버팀목이었다.

절망적으로 바뀐 그녀의 표정을 보면서 유델이 한 걸음 다가갔다. 슬픔에 휩싸여 있는 그녀를 시험하려 했던 자신의 행동이 너무나 어리석게 느껴졌다.

"견뎌내야 합니다. 공작 전하께서 잘못한 일이 아닙니다."

"나도 여태까지 내가 잘못되었다고 생각하지는 않았어. 하지만 요즘은 이런 생각이 들고는 해. 내가 욕심을 부리지 않았다면 모두 무사하지 않았을까? 아버지의 복수를 한답시고 내 행동이 모두……."

"그렇지 않습니다!"

강한 유델의 말에 레일리아가 놀라 그를 바라보았다. 그의 표정은 전에 없이 굳어 있었다. 처음 보는 모습에 아무 말도 하지 못하자, 그가 차분한 어조로 말을 이어나갔다.

"모든 일은 명분을 갖고 했습니다. 전대 공작 전하의 복수는 반드시 필요한 일이었고, 가장 큰 역할을 한 가문이 왕위를 잇는 것은 당연합니다. 공작 전하께서 흔들리면 가문과 왕국 전체가 흔들립니다. 이럴 때일수록 마음을 굳건히 하셔야 합니다."

"난 이렇게 될 줄 몰랐어. 그저… 공작이 되어 가신들과 협력하며 가문의 성세를 이룩할 수 있다면 그걸로 만족하려고 했어. 하지만 지금은……."

불안하게 흔들리는 눈동자는 그녀의 심리 상태를 고스란히 반영하고 있었다.

공작이고, 다른 이들을 통솔하는 자리였기에 그녀는 마음을 다잡고자 심호흡을 했다. 하지만 한 번 격앙된 감정은 쉬이 가라앉지 않았다.

"어쩔 수 없는 일입니다."

"뭐가 어쩔 수 없는 일인데! 할아버지가 돌아가셨다고. 그분께서는 한평생 가문에 헌신하신 분이야! 내 슬픔을 알아? 알고 있냐고!"

격해진 감정을 이겨내지 못한 레일리아는 기어코 주저앉았다.

일인지하 만인지상이라는 공작의 자리에 올랐기에 그녀는 외로웠다.

친하게 지냈던 이들은 공작이라는 직함 앞에 필요 이상의 예의를 차렸고, 공작이 되기 위해 다른 것을 포기했던 레일리아는 하루가 다르게 외로움에 지쳐갔다.

사랑하던 유델을 동생에게 내어주고 다정한 모습 때문에 증상이 더욱 심해졌을지도 모른다.

위로받고 싶은 오늘 같은 날, 두 사람의 다정한 모습에 처량함을 느꼈고, 유델과 대화를 나누면서 봇물처럼 터져 나오는 감정을 이겨내지 못한 것이다.

"공작 전하."

"공작 전하라고 부르지 마. 지금 이 순간도 내가 공작으로 보이는 거야?"

"……."

유델은 혼란스러웠고 그것은 레일리아 또한 마찬가지였다.

이미 한 번 끊어진 관계였다.

그것을 끊어낸 것은 레일리아였고, 본인 스스로 잘 알고 있다.

지금 이 말은 간신히 형성된 관계의 끈을 끊어버리고 본래의 것으로 되돌리려는 것과 같다.

이것은 위험하다.

이미 유델과 엘리나의 혼인 날짜가 공공연히 흘러나오고 있는 실정에서.

레일리아 또한 알고 있지만, 지금 이 감정을 추스르기 어려웠다.

그동안 공작이어서 억눌러왔고, 지켜보아야만 했다. 모든 일을 공적으로 처리하기 위해서는 거리를 두고 냉정하게 처리해야 한다고 생각했지만, 막상 몸을 지탱하기 어려울 정도가 되었을 때, 누구도 곁에 있어주는 사람이 없었다.

카스트로 자작의 죽음이 전해진 지금, 그녀가 기댈 수 있는 것은 유델이 유일했다.

"널 좋아하는 걸 알고 있잖아. 그런데 왜 외면하는 거야? 내가 싫어진 거야?"

"그게 아니란 걸 공작 전하께서 잘 알고 계시지 않습니까."

"그럼 왜 날 거부하는 건데?"

"공작 전하께서 먼저……."

"그럴 수밖에 없다는 걸 알고 있잖아? 한 번을 끝으로 물러날 만큼 나에 대한 마음이 없었던 거야? 난 이렇게 괴로워하고 있는데?"

자신의 말이 억지라는 것을 누구보다 잘 알고 있었지만, 그녀는 억지를 부렸다. 이렇게라도 그를 붙잡지 않으면 영영 멀어질 것 같은 느낌을 받아서였다.

유델은 레일리아의 바뀐 태도가 솔직히 기분 나쁘지 않았다. 하지만 감정과 별개로 그녀의 마음을 받아들일 수는 없었다. 이미 자신에게는 장래를 약속한 엘리나가 있었다. 그녀의 언니인 레일리아에 대한 마음을 떨쳐내지 못했지만, 이미 과거의 연인이었다.

간절한 그녀의 눈빛을 그는 고개를 돌려 외면했다. 더 이상 지켜보면 자신의 마음이, 다짐이 약해질 것 같았다.

"후우, 죄송합니다. 공작 전하. 제게는……."

그는 말을 끝맺지 못했다. 부정적인 대답이 나올 것을 예상한 레일리아가 다짜고짜 그를 덮친 것이다.

충분히 떨쳐낼 수 있음에도 불구하고 유델은 아무런 행동도 보이지 않았다. 더욱 대담해진 그녀는 그의 입술을 덮치며 손을 뻗어 몸을 더듬었다.

“…….”

탄탄한 가슴 근육을 더듬어나가던 레일리아의 움직임이 멎었다. 한 점 흔들리지 않은 채 자신을 응시하는 그의 눈이 그녀의 가슴을 꿰뚫은 것이다.

멈칫하자 양손을 뻗은 유델이 그녀를 떼어놓았다.

“이미 돌이킬 수 없을 정도로 멀어졌습니다. 한때의 추억으로 남겨두는 것이 좋습니다.”

“왜 나는 안 되는 건데!”

“먼저 절 밀어낸 것은 공작 전하입니다.”

“그건 미안해. 다시, 다시는 안 될까?”

“그러기에는 너무 먼 길을 달려왔습니다.”

고개를 저은 유델이 몸을 일으켰다. 자리에 주저앉은 레일리아의 애처로운 눈빛을 보면서 마음이 복잡했다. 남자의 욕심은 그녀를 붙잡으라고 외쳤지만, 엘리나를 생각하면 힘들었다.

매몰차게 느껴질 정도로 몸을 돌린 유델이 자리를 벗어났다.

멍하니 그 모습을 바라보던 레일리아는 덜덜 떨리고 있는 자신의 손을 바라보았다.

무슨 생각으로 행동을 했는지 깨닫자 걷잡을 수 없는 자괴감과 슬픔이 밀려들었다. 더는 예전의 관계로, 동생에게 떳떳하지 못할 모습을 생각하니 그녀의 두 눈에 눈물이 방울방울 맺혀 흘러내렸다.

"흑……."

"잘한 거겠지?"

저택으로 돌아온 유델은 작은 목소리로 중얼거렸다.

왠지 모를 죄책감에 엘리나도 만나지 않았다. 그녀가 잠들었다는 소식을 전했을 때 안도하던 자신의 모습을 떠올리자 표정을 찡그렸다.

"그런데……."

유델은 조용히 자신의 가슴 위로 손을 올렸다.

거세게 뛰고 있는 심장.

기분 좋은 떨림이 심장부터 시작해서 전신으로 번져 나갔다.

레일리아의 솔직한 마음을 듣는 순간 그는 걷잡을 수 없는 환희를 맛보았다.

그와 동시에 엘리나에 대한 죄책감이 자리했다.

이미 그녀와 장래를 약속한 사이였다. 그럼에도 불구하고 레일리아에 대한 미련을 버리지 못한 것은 명백한 잘못이었다.

"미치겠구나."

작은 목소리로 읊조리며 앞으로의 일을 떠올렸다.

레일리아의 마음을 알아버린 이상 그녀에게서 자유로울 수 없는 노릇이다.

하지만 그녀의 마음을 받아들이면?

엘리나에게 상처를 주는 행동이 되고 만다.

만약 처음부터 자신의 마음을 받아주었다면 이러한 고민을 할 필요가 없었다. 하지만 레일리아의 애매모호한 태도는 유델로 하여금 선택의 기로에 놓이게 했다.

누군가를 선택해야 하는 진퇴양난의 상황.

여복이 터졌다고 해도 과언이 아니지만, 일생일대의 전투를 앞에 두고 있는 유델로서는 너무나 가혹한 선택의 장이었다.

"어느 것을 선택하든 나쁜 놈이 되겠군."

제6장

그랜드 마스터의 실마리

　카스트로 자작의 죽음은 왕국 전역을 뒤집어 놓기에 부족함이 없었다.

　동시에 제르앙 백작의 이름은 룬가드 왕국 전역으로 퍼져 나갔다.

　그랜드 마스터!

　공포에 휩싸인 백성들이 제르앙 백작을 그렇게 칭하며 두려워했다.

　카스트로 자작이 그를 가로막았지만, 큰 피해를 입히지 못하고 죽음에 이르렀다. 그와 동시에 약속이라도 한 것처럼 왕국 전역으로 제르앙 백작의 신위와 관련된 소문이 퍼져 나졌다.

두 명의 마스터가 합공했음에도 압도당하다가 차례대로 목숨을 잃은 것은 제르앙 백작이 전설의 그랜드 마스터 경지를 앞에 두고 있다는 소문에 힘을 실어주었다.

왕국 백성들은 공포에 휩싸였다. 카스트로 자작이 죽은 이후, 라이오스 지방의 군대는 연전연패를 하면서 후퇴를 거듭하고 있는 실정이다.

라이오스 지방의 심장이라 할 수 있는 아르셀 공작령이 함락되지 않았지만, 아슬론 왕국의 압도적인 전력 앞에 속수무책이었다.

그러던 차에 왕도에서 지원군이 편성되었다는 소식이 널리 퍼졌다.

총사령관을 탈리스 후작으로 삼고, 부사령관은 유델이 임명되었다는 말에 백성들은 다시 한 번 희망을 품었다.

아슬론 왕국에 제르앙 백작이 있다면 우리에게는 카르비앙 자작이 있다!

대부분 사람들은 유델보다 제르앙 백작을 우위에 두었지만, 이번의 연속을 연출했던 것이 유델이다. 다시 한 번 그가 펼칠 기적을 기대하는 가운데, 지원군은 본격적으로 라이오스 지방을 향해 진군하기 시작했다.

후방의 보급로를 확보한 알렉시온 국왕은 느긋하게 진군

했다. 원정 여건상 최대한 빠르게 공격을 감행해야 했지만,
그는 개의치 않았다.

"나쁘지 않군."

"황공하옵니다."

"내 성향과 맞지 않지만, 정공법을 추구하는 공작의 전략
치고는 나쁘지 않았다."

"이제 적들이 접근하는 것을 기다리기만 하면 됩니다."

파젠 공작이 주름진 얼굴에 미소를 지어 보이자 알렉시온
국왕은 고개를 끄덕였다.

제르앙 백작이 카스트로 자작을 꺾은 사실이 빠르게 퍼진
것은 파젠 공작이 수를 써서이다.

두 명의 마스터를 베어버리고, 카스트로 자작까지 무너뜨
린 제르앙 백작의 신위는 이미 하나의 공포가 되어 걷잡을 수
없이 확산하고 있다. 잔뜩 위축된 그들이 공포를 극복하는 데
는 상당한 시간이 걸릴 수밖에 없다.

그는 룬가드 왕국 전체를 점령할 생각이 없었다. 알렉시온
국왕의 생각은 다를 수 있지만, 파젠 공작은 라이오스 지방을
점령하고 그의 뜻을 이루어줄 생각이었다.

"기다리는 것은 성미에 맞지 않지만, 확실한 방법이 있겠
지?"

"그렇습니다."

"들어보고 싶군."

"제르앙 백작의 신위가 널리 퍼진 이상 저들은 가만히 있지 못할 것입니다. 무슨 수를 써서라도 제르앙 백작을 제거하려 들 것입니다."

알렉시온 국왕이 제르앙 백작을 힐끗 보고 입꼬리를 말아 올렸다. 언뜻 보면 여자라 착각할 정도로 가녀린 그였지만 지닌바 무위는 이미 마스터 중 최강, 그랜드 마스터에 근접했다 해도 과언이 아니다.

"헛된 시도로군."

"그렇습니다. 저들의 어리석은 기사도를 이용하면 얼마 지나지 않아 마스터를 씨 말릴 수 있을 것입니다."

파젠 공작이 이용한 것은 아르셀 공작가가 지닌 기사도였다.

그들의 기사도는 끝까지 물러서지 않는 불굴의 정신에 기초한다. 다대일의 대결을 고집할지언정 물러서는 선택은 하지 않을 터였다.

"차근차근 저들의 전력을 제거하면 왕국 전역을 장악하지 않더라도 왕도를 점령할 수 있습니다."

파젠 공작이 원하는 것이 바로 그것이었다.

알렉시온 국왕이 룬가드 왕국을 침공한 것은 레일리아를 얻기 위함이다. 하지만 영토적인 측면에서도 욕심을 부려야 했다.

레일리아는 라이오스 지방의 맹주인 아르셀 공작가의 가

주었기에 그녀를 취하고 강제로 합병한다면 크게 무리없이 라이오스 지방을 점령할 수 있었다.

이후, 왕도에서 물러나 자연스럽게 적들의 이전투구를 유도할 생각이었다.

오우거가 없는 산에서는 트롤이 왕 노릇을 하는 법이다.

왕위가 정확히 정해진 바가 없는 지금, 아르셀 공작가의 부재는 야망 있는 가문들이 치고받는 군웅할거의 장이 될 가능성이 농후했다.

저들은 자기들끼리 치고받으며 힘을 소진할 것이고, 그 사이 아슬론 왕국은 라이오스 지방의 지배를 공고히 하고 남부 대륙 전체 정세를 주도하게 될 것이다.

"마음에 드는군."

모든 것이 순조로웠기에 알렉시온 국왕 또한 파젠 공작의 계책에 동의하는 모습을 보였다. 전폭적인 그의 신임에 미소 지은 파젠 공작이 제르앙 백작을 바라보며 강한 어조로 말했다.

"이번 전투에서 카르비앙 자작만큼은 반드시 제거를 해야 합니다."

"카르비앙 자작이라."

"……."

낮은 알렉시온 국왕의 중얼거림과 함께 제르앙 백작의 미간이 찡그려졌다.

유델의 존재는 거침이 없는 제르앙 백작에게 있어서도 불만스러운 존재였다.

"반드시 제거할 겁니다."

"그는 젊은 나이로 최강의 반열에 근접한 기사입니다. 계속 두다가는 어느 사이엔가 백작과 동일한 반열에 올라설 것입니다. 자라는 싹을 짓밟는 것이 승리를 확고히 하는 데 도움이 될 것입니다."

머리를 쓰는 책사에게 있어 가장 번거로운 것은 만약이라는 가능성을 만들어내는 변수였다. 상상을 초월할 정도로 빠르게 성장하는 그의 존재는 대계를 무너뜨릴 수 있는 강력한 변수였다.

"알겠습니다."

"백작을 믿어라, 공작. 제르앙 백작을 상대로 승리할 수 있는 검사는 없다."

그가 악마의 재능을 지닌 인물이라는 것은 비밀이었지만, 누구나 알고 있는 공공연한 사실이었다.

인간의 한계를 초월한 악마의 재능을 뛰어넘을 수 있는 자는 없다. 그것이 승리를 확신하는 이유였다.

믿음직한 모습에 파젠 공작은 미소를 지으며 고개를 끄덕였다.

칼리오스는 황당한 표정을 지었다. 갑작스럽게 자신을 호출한 유델의 입에서 뜬금없는 말이 흘러나왔던 것이다.

"그린 랜드의 힘을 얻고 싶다고?"

"그렇습니다."

"거짓말이라 치부하고 싶군. 다시 한 번 들을 수 있나?"

"그린 랜드의 힘을 얻고 싶습니다."

"어리석군."

드물게 칼리오스는 표정을 굳혔다. 동시에 강렬한 존재감이 장내를 뒤덮었다. 견디기 힘든 압박감이 전해지자 유델이 미간을 찌푸렸지만, 겉으로 내색하지 않았다.

"아직 레드 티어즈의 힘을 제대로 활용하지 못하는 걸로 알고 있는데?"

"어느 정도 활용할 수 있습니다."

"어느 정도뿐이겠지."

"……."

사실이었기에 유델은 침묵했다. 레드 티어즈의 힘을 활용하려고만 하면 아직도 거세게 반발하고는 했다.

"강화계의 요령을 터득하지 않고서 범위계의 힘을 얻겠다? 죽으려고 환장한 것처럼 들리는구나."

그의 말처럼 유델의 행동은 무모하기 짝이 없는 것이었다.

인간이 그랜드 마스터에 오르지 못하는 것은 지닌 힘을 육체에 모두 수용할 수 없어서였다. 깨달음과 세 자루의 신검이 함께 해야 비로소 완벽한 그랜드 마스터에 오를 수 있다.

유델은 세 가지의 힘 중 변환계를 마스터했고, 강화계를 연마하는 중이었다. 모든 것을 터득하지 못한 가운데 범위계에 진입한다면, 두 개의 힘은 서로 충돌하여 마나 폭주가 일어날 가능성이 농후했다.

"못들은 것으로 하겠다. 그게 없어도 인간 중에서는 능히 최강으로 군림할 수 있을 터."

"제 상대는 악마의 재능 소유자입니다."

"…호오?"

멈칫한 칼리오스가 눈을 빛내며 나직한 감탄사를 흘렸다.

악마의 재능은 드래곤들이 탐내는 마법 재료 중 하나였다.

인간을 초월하여 드래곤에 범접할 정도의 재능은 충분한 흥밋거리였다.

비록 육체의 한계를 초월하지 못해 대부분 폭사하기 일쑤였지만.

"그래서 그린 랜드의 힘을 빌리려고 했군. 하지만 악마의 재능 소유자가 널 당해낼 수 없을 텐데?"

악마의 재능을 지닌 자는 제 자신의 능력을 감당하지 못하고 무너져 내린다. 마스터의 경지에 올라서는 경우는 종종 있지만, 그랜드 마스터를 향해 나아가고 있는 유델만큼 성장한 경우는 거의 없었다.

"인간 중에서 그녀를 당할 자는 없습니다."

"그녀? 그녀라, 그렇군."

"다른 게 있습니까?"

"네 말에 정답이 있었다. 남자가 아닌 여자이기에 더 높은 경지에 올라설 수 있었을 테지."

인간 역사에 있어 악마의 재능은 재앙 그 자체였지만, 드래곤에게 있어 악마의 재능은 흥미로운 연구 소재였고, 인간이 알지 못하는 부분까지 진척되어 있었다. 그리고 어떠한 이유로 지금과 같은 경지에 올라설 수 있는지 알 수 있었다.

여자의 경우 남자보다 감정 제어 능력이 탁월하다. 이번 악마의 재능 소유자는 본능적으로 자신의 한계치를 깨닫고 그것을 적절하게 활용했을 터였다. 서서히 성장하는 육체에 따라 재능을 조율하고 그것을 토대로 발전 속도를 가속화시키니, 마침내 그랜드 마스터에 근접할 정도의 성취를 얻은 것이다.

'모든 걸 말해줄 필요는 없겠지. 하지만 흥미롭군.'

마음 같아서는 당장 찾아가 실험 재료로 납치하고 싶었지만, 그럴 수 없었다.

드래곤은 인간 사회에 직접 관여할 수 없는 그들만의 규칙이 있었던 것이다.

만약 그 규칙을 어기게 되면 어딘가에서 그들을 지켜보던 '조율자'가 등장한다.

그들과의 마찰은 칼리오스로서는 원하는 바가 아니었다. 그렇다면 남은 것은 유델이 그녀를 꺾고 자신이 획득하는 것뿐이다.

"좋다, 그린 랜드를 빌려주도록 하지."

"감사합니다."

거부할 거라 생각하던 칼리오스의 수락에 유델이 밝은 표정을 지었다.

"단, 조건이 있다."

천천히 그의 말이 이어졌고, 무리가 없는 조건이기에 유델 또한 받아들였다.

왕도에서 파견된 지원군은 빠른 속도로 북부를 향해 진군하기 시작했다.

순풍을 타는 배처럼 빠른 속도로 나아간 지원군은 어느덧 라이오스 지방에 접어들 수 있었다.

그동안 유델은 그린 랜드를 연구하기 바빴다. 하루 종일 마차에 틀어박혀 범위계의 힘을 터득하기 바쁠 무렵, 손님이 찾아왔다.

바로 지원군의 사령관직을 맡은 탈리스 후작이었다. 담담하지만 딱딱하게 굳어 있는 모습에 유델 또한 자세를 바로 하고 맞아들였다.

"할 말이 있다."

"말씀하십시오."

"이번 전쟁에서 제르앙 백작과 붙어보도록 하겠다."

"후작 각하는 총사령관이십니다."

"알고 있다. 그래서 내가 이렇게 찾아와 부탁하는 것이다."

총사령관이라는 자리는 결코 가볍지 않았다. 그를 총사령관으로 임명한 것은 그만한 자격이 되는 것도 있지만, 그를 따르는 귀족들은 탈리스 후작의 호승심을 잘 알고 있었기에 대결에 나서지 못하도록 족쇄를 쳐놓기 위함이었다.

하지만 탈리스 후작은 그러한 족쇄로 묶일 인물이 아니었다. 그는 형형하게 빛나는 안광으로 유델을 바라보며 말했다.

"저번 전쟁에서 내가 아벨로아 공작에게 패한 것을 알고 있을 것이다."

"……."

유델은 침묵으로 대답을 대신했다. 그 날 일은 그에게 있어 치욕의 순간일 터였다.

"분하지만, 아벨로아 공작은 나보다 강했다. 우물 안 개구리였다가 비로소 우물 밖의 하늘을 발견한 셈이지. 대결에서 패한 것은 분하지만, 얻은 것도 많다. 그날 이후 짧은 시간 동안 단련한 것이 몇 년 단련한 것보다 더 성과가 많았다고 할 수 있지."

최강이라는 칭호를 부여받았지만, 더 강한 적을 만나지 못했기에 좁은 세계에 갇혀 있었다는 것을 깨달을 수 있었다. 자존심은 무너졌지만, 검사로서 많은 것을 얻을 수 있는 순간이었다.

"검사로서 자존심은 필요 없다는 걸 깨달았다. 하지만 한 가지만큼은 채울 수 없었다."

"호승심입니까?"

유델은 그가 말하고자 하는 바를 깨달을 수 있었다.

첫 패배 이후 그는 무수히 많은 것을 얻었다고 말했다. 사람의 심리상 무언가를 얻으면 그것을 내보이고 자랑하고 싶은 것은 당연한 이치였다.

"맞다. 난 내가 새로이 얻은 깨달음을 사용할 수 있는 상대를 원했다. 그리고 그랜드 마스터라고도 불리는 제르앙 백작은 적합한 상대지."

"후작 각하의 말씀이 무엇인지 알겠습니다. 하지만 총사령관이시고⋯⋯."

"그 부분에 대해서는 내가 우겼다고 하면 된다!"

결연한 그의 표정에 유델은 깨달을 수 있었다.

이것은 일방적인 통보임과 동시에 부탁이었다.

사람들은 제르앙 백작을 막아설 인물로서 유델로 낙점하고 있었다. 그것은 유델이라고 해서 다르지 않았다. 그는 상대를 양보해달라고 말하는 것이었다.

유델은 그의 의지를 배반할 수 없었다. 권력에 욕심을 부리지 않고 앞만 달려온 검사의 바람이다. 그것을 인위적으로 가로막으면 결국 더 큰 것으로 되돌아올 터였다.

“…알겠습니다.”

“고맙다.”

고개를 숙이며 예를 취한 탈리스 후작은 자리를 벗어났다. 제르앙 백작을 상대하기로 한 이상 이제부터 그를 상대하기 위해 모든 심혈을 기울여야 했다.

아르셀 공작령에 당도한 지원군은 영지를 보호하고 있는 성과 조금 멀리 떨어진 곳에 진영을 꾸려야 했다.

그 사이를 아슬론 왕국의 군대가 가로막고 있는 상황이었다. 달리 보면 앞뒤로 포위하고 있다 볼 수 있지만, 하늘을 찌를 정도로 사기가 높은 아슬론 왕국군이 발산하는 기세는 사나웠다.

처음 며칠은 이렇다 할 교전도 없이 조용히 시간을 보냈다.

각 진영의 귀족들은 그것이 폭풍전야의 고요함이란 걸 깨달았다. 겉으로 보기에 조용한 듯싶었지만, 양측 진영은 날카롭게 칼을 벼리고 있는 상황이었다.

그러한 침묵 상황을 깬 것은 탈리스 후작의 움직임이었다. 어느 날, 갑자기 아슬론 왕국 진영에 등장한 그는 한껏 마나를 실어 외쳤다.

“나는 탈리스 후작이다. 아슬론 왕국의 제르앙 백작에게 대결을 신청한다!”

우렁찬 목소리가 진영을 뒤흔들었다. 목소리를 접한 자들

은 놀란 표정을 감추지 못했다. 탈리스 후작이 적국의 총사령
관이라는 것을 모르는 이는 아무도 없었다. 군대를 통솔할 총
사령관이 직접 나설 줄은 몰랐다.

이러한 소동은 알렉시온 국왕에게 전해졌다. 이른 아침이
었기에 황급히 들어서는 파젠 공작을 보면서 그는 느긋한 어
조로 물었다.

"어떻게 할까."

"탈리스 후작은 껄끄러운 적 중 한 명입니다. 가급적 살려
두는 게 좋겠지만, 대쪽 같은 성품상 받아들이지 않으면 계속
해서 도전을 해올 것입니다."

"강적을 제거할 기회는 흔치 않겠지."

그 말과 함께 제르앙 백작에게 시선을 고정하자, 고개를 숙
이며 말했다.

"즉시 제거하고 오겠습니다."

"좁은 최남단의 수준이 얼마나 떨어지는 것인지 알려주고
오도록."

검을 드는 것으로 대신한 제르앙 백작이 막사를 벗어나려
할 때, 파젠 공작이 다급히 그를 붙잡아 귓속말로 무언가를
속삭였다. 제르앙 백작은 내용을 전해 듣고 인상을 찌푸렸지
만, 이윽고 고개를 끄덕인 뒤 밖으로 나갔다.

진영 밖에는 이미 수백 명의 병사가 경계태세를 취하고 있
었다. 그들도 귀가 있는 이상 탈리스 후작의 명성을 들어왔

다. 어떠한 행동을 보일지 몰랐기에 만반의 태세를 갖춘 상태
였다.

"모두 비켜라!"

멀리서 달려오는 기사의 외침에 병사들은 옆으로 갈라지
며 길을 만들었다. 그 사이로 걸어오는 은빛 기사를 보며 탈
리스 후작이 눈을 빛냈다.

"제르앙 백작인가."

"탈리스 후작?"

"맞다, 내가 탈리스 후작이다. 아슬론 왕국 최강의 기사라
는 그대에게 도전하고자 찾아왔다."

아벨로아 공작에게 패배한 탈리스 후작은 철저하게 자존
심을 버렸다. 이전에는 도전을 받아주는 입장이었다면 지금
은 도전을 하는 입장이 되었다.

위에서 아래를 내려다보는 것보다 아래에서 위를 바라보
는 것이 훨씬 성취도가 높다는 걸 그는 이제야 깨달았던 것이
다.

"도전, 받아들이지."

"고맙다."

탈리스 후작이 검을 들어 예를 취하자, 눈에 이채를 띤 제
르앙 백작이 느릿하게 고개를 끄덕인 뒤 마주 예를 취했다.
둘은 약속이라도 한 것처럼 움직이기 시작했다. 두 사람이 도
착한 곳은 양측 진영에서 멀리 떨어진 곳이 아니었다.

둘이 장소에 도착하자, 잠시 후, 약속이라도 한 것처럼 양
국 기사가 속속 모여들기 시작했다.

그들은 각국의 뛰어난 마스터로서 절대 잃을 수 없는 자원
이었기에 조치가 취해진 것이다. 유델 또한 멀리 떨어진 곳에
서 대결을 지켜보고 있었다.

'제르앙 백작의 경지를 파악해야 한다.'

악마의 재능을 지닌 그가 어느 정도의 성취를 이루었을지
쉬이 짐작하기 어려웠다. 유델은 탈리스 후작과 대결을 벌이
는 걸 참고할 생각이었다. 탈리스 후작이 제르앙 백작을 꺾으
면 좋겠지만, 카스트로 자작을 꺾은 이상 그가 승리할 가능성
은 희박하다 여겼다.

검을 뽑아든 그들은 잠시간 대치 상황을 만들어냈다. 빈틈
이 드러나지 않는 두 검사의 대치는 짧은 순간, 잠깐의 호흡
마저도 빈틈으로 파악할 만큼 예리한 눈을 지니고 있었다. 먼
저 움직인 것은 탈리스 후작이었다. 호흡과 함께 조그마한 틈
이 드러나는 순간, 검으로 비집고 들어간 것이다.

카앙! 카가강!

어렵지 않게 튕겨낸 제르앙 백작의 검이 스프링처럼 튕겨
나왔다. 당혹스러울 법도 했지만, 탈리스 후작은 물 흐르듯
자연스럽게 그것을 받아냈다. 예전이라면 당황했을 공격이
지만, 지금은 그마저도 담담했다.

표정 하나 흐트러뜨리지 않은 채 탈리스 후작의 공격이 이

어졌다. 푸른 오러가 돋아나기 시작하더니, 매섭게 벼려진 기세가 제르앙 백작을 휘감았다.

꽈광! 꽈과광!

오러와 오러가 충돌하면서 거센 폭음이 주변을 뒤흔들었다. 탈리스 후작이 일방적이라고 할 정도로 매섭게 공격을 퍼부었지만, 제르앙 백작은 침착하게 모든 것을 막아내고 있었다. 도리어 간간이 가해지는 공격은 그의 간담을 서늘하게 만들 정도로 매서웠다.

"역시 강하군!"

"마찬가지."

생각보다 쉽지 않게 대결이 전개되자 제르앙 백작의 미간이 찌푸려졌다.

카스트로 자작의 경우도 그러했지만, 룬가드 왕국 출신의 마스터는 기존의 실력보다 더 강한 기세를 보이고는 했다. 이 점은 상대의 실력을 정확하게 파악하고 대응하는 제르앙 백작에게 적잖이 곤욕을 안겨다 주었다.

그는 자기도 모르게 오른쪽 팔을 굽혔다 폈다. 카스트로 자작을 베는 순간, 마지막에 가해진 그의 공격은 아슬아슬하게 팔뚝을 스치고 지나갔다. 조금이라도 깊었더라면 그대로 절단이 될 수 있는 순간이었다. 그때를 생각하자 정신은 더욱 날카롭게 벼려졌다.

촤앙! 촹! 촹!

푸른 오러는 하나의 생명체처럼 유기적으로 얽혀들어 갔다. 오러의 위력은 대등했다. 내심 쌓아온 세월이 있기에 오러의 위력에서 우위를 점할 수 있으리라 생각했던 탈리스 후작은 미간을 지그시 모았다.

'유리한 게 없군. 하나같이 괴물들만 득실거리고 있으니.'

물론 그가 괴물들이라고 한 것 중에는 유델이 속해 있었다. 어떻게 수련을 한 것인지 세월의 흐름이 쌓일수록 강해진다는 오러의 위력을 그들은 극복해내고 있었다.

탈리스 후작은 마음을 다잡으며 공격을 퍼부었다. 자신이 상대를 모르는 만큼 상대 또한 자신을 모른다. 서로 모르고 있다면 먼저 공격을 퍼붓는 쪽이 더 많은 기회를 얻을 수 있다.

아벨로아 공작과의 대결에서 그 점을 절실히 깨달았기에 탈리스 후작은 본연의 스타일을 살려 공격에 공격을 퍼붓기 시작했다.

꽈아앙!

"음!"

거듭 이어지는 공격을 방어하던 제르앙 백작의 입에서 낮은 신음이 흘러나왔다. 무지막지한 그의 오러는 위력을 흩어냈음에도 불구하고 내부가 저릿할 정도의 강렬한 충격을 선사한 것이다.

탈리스 후작의 공격은 공격 일변도의 맹공이었다. 강력한 힘을 바탕으로 상대를 내리 찍어누르는 공세는 훌륭한 방어에도 불구하고 적잖은 충격을 선사했다.

제르앙 백작은 자신과 탈리스 후작의 상성이 좋지 못하다는 것을 깨달았다. 방어를 제외한 채 순수한 공격으로 이루어진 그의 검격은 공격이 최선의 방어라는 것을 의미함과 동시에 자신이 펼칠 수 있는 검격을 원천적으로 차단하고 있었다.

한편, 탈리스 후작은 충돌에 충돌을 거듭할수록 깨달음을 자신의 것으로 만들 수 있었다.

그동안 자신을 가로막아왔던 것.

아득하면서 절대 뚫어내지 못하리라 생각하던 견고한 벽이 지금 천천히 무너져 내리고 있었다.

제르앙 백작이란 강적이 눈앞에 있어서? 정답이다. 하지만 그것이 모든 정답은 아니다. 아벨로아 공작과의 대결에서 패배하며 자신의 검술에 군더더기가 존재한다는 걸 알아차릴 수 있었고, 어떻게 하면 최대한의 효율을 발휘할 수 있을지 연구에 연구를 거듭했다.

유델은 자신보다 실력이 뒤떨어짐에도 불구하고 밀어붙이는 면모를 보였다.

이 모든 것은 검을 효율적으로 활용해서였다.

탈리스 후작은 처음 검을 잡을 때 이외에는 자기보다 강한 상대를 만난 적이 거의 없다. 그것은 검술의 형태를 제한시켰고, 실전에서 강한 상대를 만나면 맥없이 무너지는 모습을 보였다.

거기에서 그는 깨달음을 얻었다.

가문의 검술은 완벽하지 않다는 것을.

조금 더 완벽하게, 군더더기를 제거하면 자신이 가야 할 길을 개척할 수 있다는 걸.

깨달음을 얻고, 그것을 토대로 실전에 접목하자 실력은 눈두덩처럼 불어났다.

그는 깨닫지 못하지만, 그동안 가로막혔던 벽은 잘못된 길로 들어서서 등장한 견고한 벽이었다. 아무리 부수고 또 부숴도 잘못된 길로 들어선 이상 더 막막한 벽이 존재할 뿐. 하지만 패배라는 경험을 하면서 얻은 깨달음은 잘못된 길에서 누구도 접하지 못한, 미지의 길이면서 올바른 곳으로 향하는 통로로 인도했다.

강화계.

절대적인 힘의 우위를 점할 수 있는 속성을 마침내 손에 넣은 것이다.

"이것뿐이라면 실망이다!"

꽈광광!

"으……."

정면으로 받아내는 순간 손아귀가 터져나갈 것 같은 고통을 느끼며 제르앙 백작이 뒤로 밀려났다. 목에서 무언가 울컥하면서 혀에 비릿한 맛이 느껴졌다. 틀림없는 피 맛이다. 조금 전 공격을 정면으로 받아내면서 내상을 입은 것이다.

"강하군."

"이 정도라면 실망이다. 아슬론 왕국 검사의 수준은 형편 없이 낮군."

우위를 점한 탈리스 후작은 제르앙 백작을 도발했다.

그는 상대의 실력이 전부 드러나지 않았음을 알았다. 그랬 기에 도발을 감행한 것이다. 카스트로 자작을 꺾은 그의 본 실력을 보기 위해. 강화계의 힘에 눈을 뜨고, 본격적으로 걸 어가야 할 길을 개척했을 때, 무한한 발전의 가능성을 느낄 수 있었다.

제르앙 백작은 자신이 발전할 수 있도록 만들어줄 최강의 상대였다. 그가 더욱 강한 힘을 발휘할수록 자신 또한 더 강 해질 수 있을 거란 자신감이 팽배했다.

치밀어 오르는 피를 참지 못한 제르앙 백작은 퉤엣!하며 피 가 섞인 침을 뱉었다. 그것을 본 아슬론 왕국 기사들의 안색 이 바뀌었지만, 그는 개의치 않았다.

"얕본 것을 사과하지."

"기대하지."

탈리스 후작의 눈에 기대감이 서리는 것을 본 제르앙 백작 의 검이 지닌 성질이 바뀌었다.

강화계의 비기를 터득한 그와 자신의 상성은 좋지 못하다.

하지만 그것은 어디까지나 힘을 발휘하지 못하게 단단히

틀어막았을 때 이야기.

본격적인 힘을 발휘하기 시작하면 우위를 점하는 것은 자신이었다.

검 끝에 스산한 기운이 감도는가 싶더니, 어느 순간, 미미하게 떨리며 변화를 만들어낸다. 남들이 보기에 어설프기 그지없는 변화였지만, 정면으로 접한 탈리스 후작의 안색은 딱딱하게 경직되었다.

처음에는 두세 개로 보였던 검 끝이 어느새 수십 개로 늘어나고, 다시 한 번 증식하더니 수백 개로 늘어났던 것이다. 하나하나가 매서운 기세를 머금은 채 자신의 눈을 어지럽히고 있었다.

자칫 잘못하면 단 한 수에 무너져 내릴 수도 있었다. 이를 꽉 깨문 탈리스 후작은 검에 모든 힘을 집중하여 내질렀다.

꽝! 하는 소리와 함께 그의 몸이 실 끊어진 인형처럼 밀려났다. 열 걸음 넘게 물러난 그는 치밀어 오르는 고통을 참지 못하고 피를 토했다.

"우웩!"

선명한 붉은 피를 보자 이번에는 룬가드 왕국 측 기사들의 표정이 나빠졌다. 담담한 표정을 짓고 있는 제르앙 백작은 손아귀가 저릿한 느낌에 꾸욱 힘을 주었다.

"역시 상성이 좋지 않군."

무수히 많은 변화를 일으키더라도 단 하나의 힘에 부서지게 마련이다. 강화계가 지닌 특징은 변환계의 힘으로 막아내기 어려웠다.

제르앙 백작은 그 이상의 힘을 발휘할 수 있지만, 근래 들어 귓가에 들리는 환청으로 인해 힘을 억제할 수밖에 없었다. 더 강한 힘을 발휘할 수 있지만, 일정한 선을 넘는 이상 자신이 자신이 아니게 되는 사태가 발생할 수 있다는 걸 깨달은 것이다.

"이것으로 힘들다면……."

만약 변환계의 힘만 활용해야 한다면 자신의 열세일 터. 하지만 유감스럽게도 자신이 지닌 비장의 무기는 한 가지가 아니었다.

철저하게 감상적임과 동시에 철저하게 이성적이기에 정확하게 자신의 힘을 제어할 수 있었다. 변환계가 어렵다면 범위계의 힘을 발휘하면 된다.

가위바위보처럼 변환계가 강화계에 취약하다면 범위계는 우위를 보인다.

제르앙 백작의 검이 변화를 일으켰다. 어지럽게 펼쳐지던 검 끝이 어느 순간 하나로 고정되더니 둥근 궤적을 그려내며 오러를 발산했다.

쫘앙!

"컥!"

또 다른 변화를 대비했던 탈리스 후작은 공간 자체를 접고 들어오는 공격에 제대로 대응하지 못하고 그대로 무너져 내렸다. 공간을 지배하는 공격에 속수무책으로 당해버린 것이다. 검을 지팡이 삼아 가까스로 버티고 섰지만, 조금 전 공격은 제대로 서 있지 못할 정도로 심각한 내상을 안겨다 주었다. 어떠한 방식으로 공격을 가한 것인지 짐작하기 어려웠기에 그의 얼굴에 경악이 번져 있었다.

"이, 이건?"

"그랜드 마스터로 향하는 세 가지 조건 중 하나. 그대가 터득한 깨달음은 그중 하나."

"그, 그렇군. 그랜드 마스터로 향하는 길이라니… 크크!"

내심 어느 정도 직감하고 있었다.

자신이 발휘하는 이 비정상적인 힘은 결코 마스터에 국한될 수 없는 것을. 그리고 제르앙 백작 또한 비슷할 거라 여겼다.

제르앙 백작은 전의가 사라진 탈리스 후작을 보며 의아한 표정을 지었다. 카스트로 자작은 자신을 끝까지 물고 늘어졌다. 그로 인해 큰 부상을 입을 뻔했기에 대결을 포기한 그의 태도가 이상하게 여겨질 수밖에 없었다.

"왜 가만히 서 있는 거지."

"더 이상 검을 휘두를 힘조차 없다."

"그냥 죽여 달라는 건가."

“대결을 하면서 죽음을 각오하는 건 당연하지 않은가. 그랜드 마스터에 근접한 검사에게 죽는 것도 나름대로 영광일 터. 다만 본가의 식솔들이 걱정되는군.”

담담한 그의 모습에 제르앙 백작은 의아함을 느꼈다.

아슬론 왕국의 기사들은 대결에서 패하더라도 목숨을 보전하기 위해 거머리처럼 물고 늘어지고는 했다. 랜필드 왕국도 약간 달랐지만, 대체로 비슷했다. 질긴 투지가 인상적이지만, 마지막에는 제 목숨을 챙기고는 했다.

하지만 룬가드 왕국 출신 기사들은 달랐다.

그들은 자신의 목숨보다 가문을 우선시했고, 명예를 쫓았다. 아슬론 왕국 기사도에 영향을 받은 제르앙 백작으로서는 자신의 목숨을 빼앗으라는 탈리스 후작의 말이 머리로도, 가슴으로도 이해가 되지 않았다.

“이해할 수 없군.”

“무슨 말이냐?”

“본국이나 랜필드 왕국 기사들은 대결에서 패하더라도 제 목숨을 부지하고자 하는데 이곳은 다르군.”

“룬가드 왕국은 통일되기 전, 수백 년 동안 백성들을 위해 기사도를 지켜왔다. 백성이 편안하기 위해 기사대전을 열었고, 그들의 승부로 전쟁의 승패가 갈라졌지. 대결에서의 패배는 곧 죽음이다.”

“그래서 순순히 죽을 생각?”

"살려준다면 좋겠지만, 그럴 리는 없지 않나?"

탈리스 후작은 끝까지 여유를 잃지 않았다. 기사는 비겁할지언정 비굴하지는 않다. 가문을 위해 얼마든지 비겁해질 수 있지만, 고고한 자존심 앞에서는 결코 비굴하지 못했다.

제르앙 백작은 검을 거뒀다. 의아한 표정으로 바라보는 그에게 나른한 음성으로 말했다.

"흥미가 떨어졌어. 더 이상 검을 휘두르고 싶지도 않군."

"날 죽이지 않겠다는 말인가?"

"굳이 벨 필요를 느끼지 못하고 있으니까."

"이상하군, 왜 날 베지 않지? 날 살려두어도 아무런 위협이 되지 않는다는 것인가?"

그의 표정은 분노로 물들어 있었다. 죽음이 달가울 리 없지만, 자신의 자존심에 흠집이 난 것이다. 인상을 일그러뜨린 채 노려보았지만, 제르앙 백작은 아무렇지 않은 표정으로 한 걸음 뒤로 물러났다.

"좋을 대로 생각해."

그 말을 끝으로 그는 몸을 돌려 자리를 벗어났다. 얼굴이 붉게 달아오른 탈리스 후작은 어떻게든 움직이려고 했지만, 신체는 그의 의지를 배반했다. 결국 분노를 참지 못하고 피를 토하자, 상황을 지켜보던 기사들이 달려들어 그를 부축하고 옮겼다.

'이걸로 됐지만.'

제르앙 백작의 눈에 복잡한 빛이 스쳤다.

그를 베지 않은 것은 파젠 공작의 지시에 의해서였다.

대결을 벌여 여유가 될 경우, 베지 않을 것을 주문하였다. 그가 내세운 이유는 간단한 것이다.

"탈리스 후작은 룬가드 왕국의 내분을 일으키는 데 큰 역할을 할 것이니 그를 살려두는 것이 여러모로 도움이 될 거요."

파젠 공작은 라이오스 지방을 장악하고, 왕도를 점령한 뒤 그들의 구심점을 없앨 생각이었다. 이후 남게 되면 탈리스 후작가와 슈미스트 공작가는 권력을 차지하기 위해 치열한 내전을 벌일 것임이 분명했다.

하지만 탈리스 후작이 사라질 경우, 내부적으로 힘의 균형추가 기울게 되니 여러모로 좋지 않았다.

쉽지 않은 주문이었지만, 제르앙 백작은 그 기대에 부응했다.

'더 깨달음을 얻고 정진한다면 귀찮아질지도.'

물론 자신이 패한다는 생각은 조금도 존재하지 않았다.

그가 강화계의 힘을 온전히 터득하면, 자신은 그랜드 마스터의 경지에 도달해 있을 터였다.

다만 그는 룬가드 왕국 기사들이 지닌 기사도에 깊은 감명을 받았다.

비겁해질지언정 비굴해지지 않는 정신.

기꺼이 목숨을 내놓을 수 있는 모습은 향후 라이오스 지방을 장악하는데 귀찮은 요소로 작용할 것임을 깨달을 수 있었다.

제 7 장

함정

　탈리스 후작의 패배로 인해 지원군의 분위기는 착 가라앉
았다.

　황급히 진영으로 옮겨진 뒤, 진단을 하니 무려 일 년여 동
안 요양을 해야 한다는 진단이 내려졌다. 내부가 온통 헝클어
져 자칫 잘못하면 목숨이 위험할 지경에 처한 것이다.

　유델은 제르앙 백작의 신위에 큰 충격을 받았다. 변환계에
이어 자연스럽게 범위계의 힘을 운용하는 모습은 자신이 궁
극적으로 바라던 모습이었다.

　"역시 깨달았군."

　낮게 깔린 음성이 그의 심정을 대변하고 있었다.

　물 흐르듯 자연스러운 힘의 연계는 제르앙 백작이 그랜드 마스터로 향하는 길을 알아차렸다고 알려왔다.

　하나하나의 속성은 자신보다 위력이 덜할 테지만, 속성을 자유자재로 활용할 수 있다면 그 부분을 상쇄시키고도 남았다.

　신검의 힘을 얻어 변환계와 강화계의 힘을 활용할 수 있지만, 그것을 자유자재로 넘나들 수 없었다.

　즉, 대결을 펼쳐도 승산이 낮다는 뜻이었다.

　“레드 티어즈의 힘을 온전히 얻든가 그린 랜드의 힘을 활용할 수 있어야 한다.”

　어느 것 하나 쉽지 않다는 것을 느끼고 있었다. 세 가지 힘을 모두 활용할 수 있으면 그랜드 마스터에 도달할 수 있을 터였고, 두 가지 힘을 자유자재로 다루면 지금보다 월등한 신위를 펼칠 수 있다.

　유델의 머릿속에 앞으로 어떻게 수련을 해야 할지 차곡차곡 스케줄이 정리되고 있었다. 얼마 지나지 않아 밖에서 기사 한 명이 들어오며 예를 취했다.

　“부사령관님.”

　“무슨 일이지?”

　“회의에 참석하셔야 합니다.”

　“아아, 그렇군.”

　총사령관인 탈리스 후작이 제 역할을 못하는 이상 군대를 통솔해야 하는 것은 유델의 몫이다.

이는 대결에 임하기 전 탈리스 후작이 부탁한 부분이기도 했다. 고개를 끄덕인 그는 곧바로 귀족들이 모인 막사로 향했다.

안으로 들어서니 이번 전쟁에 참전한 귀족들이 모두 모여 있었다. 그들의 얼굴에는 하나같이 어두운 음영이 드리운 상태였다.

"어서 오십시오."

"표정이 좋지 않군요. 총사령관님의 일은 유감이라 생각합니다. 하지만 여러분의 표정이 어두우면 기사들도, 종래에는 병사들의 사기 또한 떨어질 것입니다."

담담한 어조로 말한 유델이 귀족들의 면면을 바라보았다. 시선이 마주치자, 그들은 움찔 몸을 떨며 고개를 돌리거나 표정을 수습하기 바빴다.

이미 병사들의 사기가 떨어졌지만, 최악만큼은 면해야 했다. 유델은 귀족들을 둘러보면서 말을 이어나갔다.

"총사령관님이 아쉽게 패배하셨지만, 상황은 우리에게 결코 불리하지 않습니다."

"어째서 불리하지 않다는 것입니까."

연이은 승리로 아슬론 왕국의 사기는 하늘을 찌를 듯 높이 치솟은 상황이었다. 전쟁이 사기만으로 치르는 것이 아니라고 하나, 상황이 좋지 않은 것만은 분명했다.

어느 귀족의 물음에 유델은 미소를 지으며 대답했다.

"아슬론 왕국이 바라는 것은 우리가 전세를 역전시키기 위해 움직이는 것입니다. 가만히 자리를 지키고 있으면 그들은 제풀에 지치거나 먼저 움직일 수밖에 없습니다. 사기가 낮다고는 하나 이곳이 본국의 영토라는 걸 경들은 잊고 있나 보군요."

제르앙 백작을 꺾을 수 있는 여부를 떠나 유델은 철저히 눈으로 본 사실만 판단했다.

아슬론 왕국이 보급로를 확보했다고 하나 식량을 운반하는데 오랜 시간이 걸릴 터였다. 또한, 국경 요새에서 카펠로 남작이 삼만의 군대를 이끌고 있기에 언제든지 뒤를 위협할 수 있었다.

그러한 상황에서 시간이 흐를수록 라이오스 지방의 기후에 적응하지 못한 아슬론 왕국군은 곤란을 겪을 수밖에 없다.

"이 부분을 저들이 모를 리 없습니다. 아마 끊임없이 충동질을 해올 것입니다. 하지만 답은 앞에 있습니다. 움직이지 않으면 됩니다."

"지키기만 하겠다는 말씀이십니까?"

"어차피 공격할 상황이 아니란 걸 잘 알고 있지 않습니까?"

"그, 그건 그렇지만……."

조금 전까지만, 해도 우울한 생각에 빠져 있던 귀족들은 어느 순간 자신들의 생각이 바뀌어 있다는 걸 깨달았다. 당장 전쟁에 패배하기라도 한 것처럼 우울했건만 어느새 상황의 유리함을 깨닫고 공격 여부를 논하고 있었던 것이다.

그 사실을 깨달은 몇몇 귀족들이 놀란 눈으로 바라보자 유델이 미소를 지었다.

"급한 것은 아슬론 왕국이지 본국이 아닙니다. 시간이 흐를수록 향수병이 깊어질 것이고, 기후에 적응하지 못해 전염병이 돌 것입니다. 우리는 저들이 움직일 때까지 조용히 지켜보기만 하면 됩니다."

전략이 뛰어나지 않다면 철저하게 유리한 점을 고수한다.

그것이 유델이 결정한 내용이었다.

전황은 기이하게 돌아갔다.

대패를 당하기라도 한 것처럼 우울한 분위기에 휩싸여 있던 지원군이 진영에 단단히 틀어박힌 채 움직일 기미를 보이지 않았던 것이다.

당장에라도 그들을 무찌를 수 있을 것 같았던 아슬론 왕국군은 일체 대응조차 하지 않는 모습이 이상함을 느꼈다. 그리고 기간이 길어지자 상황이 기이하게 흘러간다는 것을 깨달았다.

"으음, 좋지 않습니다."

"말해보도록."

"카르비앙 자작의 대응이 심상치 않습니다. 본국에게 결코 좋지 않게 돌아가고 있는 중입니다."

"자세히 말하라."

알렉시온 국왕은 전황이 이상하게 흘러간다는 걸 느끼고 있었다. 전략 전술보다 본능적인 판단을 앞세운 그로서는 지금 상황이 결코 유쾌하지 않았다.

"본래는 탈리스 후작이 패배하면서 룬가드 왕국 측의 어수선한 분위기를 틈타 공격을 가하려고 했습니다. 하지만 저들은 일체 틀어박혀 아무런 대응을 하지 않고 있습니다. 일견하기에는 겁을 먹은 것처럼 보이지만, 실은 본국의 약점을 파고든 훌륭한 대책입니다."

"우리의 의도를 눈치챈 건가?"

"그런 것 같지는 않습니다. 다만 본국이 지닌 약점과 저들이 지닌 장점을 정확하게 판단한 것 같습니다."

"해결책은?"

이번 전쟁의 모든 것을 주도하고 있는 것은 파젠 공작이었다.

알렉시온 국왕은 그를 믿고 모든 것을 맡긴 채 지켜볼 뿐. 결정을 내려야 하는 것도, 책임을 져야 하는 것도 파젠 공작의 몫이었다.

"이대로 전황이 흐르면 본국이 불리해지게 마련입니다. 방법은 두 가지입니다. 앞에 위치한 지원군을 격파하는 것, 혹은 뒤에 자리한 공작령을 함락하는 것입니다."

"어느 게 더 쉽다고 생각하지?"

"공성전은 큰 피해를 동반하게 마련입니다. 하지만 전면전은 기세의 우위를 점했을 때 큰 피해 없이 승리를 거둘 수 있습니다."

"그렇지."

이미 눈치를 챘음에도 파젠 공작이 전면전을 주장할 수 없었던 까닭은 제르앙 백작이 부상을 치료하는 중이었기 때문이다. 탈리스 후작과의 대결로 내상을 입은 그는 열흘 동안 치료에 매달려야 했다. 그리고 완치되었다는 보고가 들어오자, 전면전을 건의한 것이다.

"제르앙 백작을 앞세운 기사단은 대륙 최강의 힘을 발휘합니다. 전면전으로 남은 적의 마스터를 무너뜨릴 수 있다면 단숨에 왕도까지 진격할 수 있습니다."

"왕도를 장악하는 것은 나중 문제다. 먼저 이곳을 점령하면 저들이 움직일 수밖에 없지."

굳이 꼬집어 말하지 않아도 레일리아임을 파젠 공작은 알아차렸다. 자신의 기반을 송두리째 잃으면 어떠한 방식으로든 움직일 수밖에 없었다.

"전면전을 준비하도록. 지원군을 몰아내고 라이오스 지방을 점령하겠다."

"예, 국왕 전하."

대답을 하는 파젠 공작의 안색은 썩 밝지 못했다.

아슬론 왕국의 전면전 준비 소식은 곧장 지원군에게 전해졌다.

사방에 뿌려진 정찰병들은 잇따라 유델이 자리한 사령부로 보고를 올렸다.

"적이 본격적인 공격 준비를 하고 있습니다."

"자신들의 움직임을 전혀 감추지 않고 있습니다."

"준비를 마친 뒤 사흘 후 진격할 것 같습니다!"

정찰병이 가지고 오는 보고는 하나같이 동일했다. 유델은 아슬론 왕국이 보란 듯이 행동하고 있다는 걸 알아차렸다. 그리고 그들에게 말하고 있는 것이다. 자신들은 전면전을 준비하고 있으니 힘과 힘의 대결을 벌이자고. 그리고 승자를 가리자는 것이다.

"굳이 응할 필요는 없지."

만약 탈리스 후작이었다면 아슬론 왕국의 도발에 정면으로 대응했을 것이다. 하지만 합리적인 것을 추구하는 유델의 생각은 달랐다.

칠만 대 오만.

먼저 숫자에서 큰 차이가 났다.

어디 그뿐인가?

사기 면에서도 큰 차이가 존재했다.

이대로 정면 대결을 벌이면 십중팔구 패배할 것임이 분명했다.

"병사들에게 준비시키도록 하십시오."

"전면전을 벌일 생각이십니까?"

귀족들은 기대 섞인 눈으로 유델을 바라보았다. 왕도에서 치열한 권력 투쟁이 벌어지는 지금, 본국을 침공한 적을 물리치면 큰 공을 세우는 격이었다. 기사 출신 귀족들은 저마다 자신이 중책을 부여받길 바라는 눈치였다.

하지만 유델의 입에서 흘러나온 말은 그들의 기대를 철저히 배반했다.

"아니, 후퇴할 생각입니다."

"그, 그게 무슨 뜻입니까?"

"후퇴라니요! 말도 안 되는 말입니다!"

정면대결을 걸어오는 적에게 후퇴로 대응하다니! 이런 경우는 단 한 번도 없었기에 귀족들은 거세게 반발했다. 하지만 유델은 표정 하나 바꾸지 않은 채 명령을 내렸다. 그는 부사령관이고, 탈리스 후작에게 모든 전권을 위임받은 존재였다.

"전면전을 벌여 패한다면?"

"패하지 않을 자신이 있습니다!"

"우리가 패하고 길을 열어주면 저들은 왕도까지 진격할 수 있습니다."

"……"

냉랭한 유델의 말에 그들은 입을 다물었다. 왕도에 모든 기반을 옮겨놓고 있는 지금, 패하면 모든 것을 잃는 것과 같았다.

"전쟁은 자존심 싸움이 아닙니다. 우리가 지닌 장점을 활용할 줄 아는 것이 전쟁이지요. 제 결정이 마음에 들지 않는다면 속으로 얼마든지 욕을 하십시오. 그렇다고 해서 제 마음이 바뀌는 일은 없을 것입니다."

유델의 의지는 확고했고, 귀족들은 마음에 들어 하지 않으면서 순순히 따를 수밖에 없었다.

군권을 쥐고 있는 것은 그였다. 무엇보다 권력에 대한 욕심은 불만을 품으면서도 그들을 따르게 만들었다.

"…알겠습니다."

"의견을 받아들여 줘서 고맙습니다."

지니고 있는 이점을 최대한 활용한다.

이는 당연한 것이지만, 귀족들에게는 여전히 받아들이기 힘들다.

그 사실을 알고 있음에도 유델은 강행할 수밖에 없었다.

사기가 오른 아슬론 왕국군을 감당하는 것이 버거웠던 것도 있지만, 가장 큰 이유는 바로……

'실력을 길러야 돼.'

제르앙 백작을 상대하려면 아직 많은 것이 부족했다.

그것이 그로 하여금 전면으로 나서지 못하게 만들고 있

었다.

아슬론 왕국이 전면전을 준비하기 무섭게 유델이 이끄는 지원군은 후퇴를 감행했다. 진영에서 크게 이탈할 수 없었던 아슬론 왕국으로서는 졸지에 닭 쫓던 개 지붕 쳐다보는 격이 되고 말았다.

알렉시온 국왕의 표정이 흉측하게 일그러졌다. 유델이 자존심을 내팽개친 채 도망칠 거라고는 생각지도 못한 것이다. 곁에 선 파젠 공작이 조심스럽게 고했다.

"상황이 좋지 않습니다."

"쥐새끼 같은!"

"……."

아무 말도 하지 않은 채 침묵했지만, 파젠 공작은 유델의 시기적절한 행동에 혀를 내둘렀다.

뻔한 노림수지만, 자존심을 버려야 하는 행동이다. 귀족들과 기사들의 지탄을 받을 수 있지만, 그로 인해 아슬론 왕국군은 난처한 상황에 처했다.

지원군이 후퇴를 감행한 상황에서 그들의 뒤를 쫓아야 했으나 그럴 경우 영주성에 꽁꽁 틀어박힌 아르셀 공작가의 군대가 뒤를 칠 가능성이 높았다.

제아무리 사기가 높다고 하나 앞뒤로 포위된 상황에서 제 힘을 발휘할 수 있을 리 없다. 그렇다고 영주성을 공격하자니, 지원군이 언제 뒤를 들이칠지 몰랐다.

'당했군.'

실리적인 면모를 취한다고 생각했지만, 그 근본은 기사라 생각했기에 전면전에 응할 거라 믿었다. 하지만 그것은 어디까지나 자신의 착각이었다.

"국왕 전하, 흥분하지 마시옵소서."

"방법을 찾아보라, 공작."

"이렇게 된 이상 방법은 한 가지뿐입니다."

파젠 공작의 눈이 예리하게 빛났다. 상대가 적극적으로 응하지 않는다면 이쪽에서 적극적으로 나설 수밖에 없었다. 이번 일로 그는 유델을 위험한 인물로 낙점했다.

"가장 먼저 행해야 할 것은 카르비앙 자작입니다. 그를 살려두면 왕도를 공략하는 것은 더욱 뒤로 미루어지게 됩니다."

"그래서?"

"그는 머리 좋은 맹수입니다. 맹수가 집에 꽁꽁 틀어박혀 나오지 않으면 수를 써야 하지 않겠습니까?"

파젠 공작의 입가에 미소가 번져 나가고 있었고, 이를 지켜보는 알렉시온 국왕 또한 마찬가지였다.

나직이 고개를 끄덕인 그가 천천히 말문을 열기 시작한다.

전면전을 준비하던 아슬론 왕국군은 끝내 움직이지 않았

다. 쉽지 않으리라 생각했지만, 뜻대로 움직이지 않자 유델의 입가에서 한숨이 저절로 흘러나왔다.

"쉽지 않군."

시간이 흐를수록 불리해지는 것은 아슬론 왕국이지만, 유델의 입지 또한 마냥 좋지 못했다. 이미 한 차례 후퇴를 주장했기에 귀족들의 불만은 커져 있는 상황이다.

—상황이 좋지 않습니다.

하다 못한 유델은 브리엘 자작에게 조언을 청했다. 마법사의 도움을 빌려 통신을 유지한 그는 브리엘 자작의 말을 경청했다.

—이번 일로 인해 귀족들의 발언권이 높아질 것입니다. 자작의 장악력이 전군을 아우르지 못하기 때문이죠.

"알고 있습니다. 제가 대비해야 할 점은 없습니까."

군대를 이끌게 되면서 유델은 귀족들의 속성이 어떠한 것인지 깨달을 수 있었다.

그들은 병사들의 목숨을 하찮게 여기며, 자신의 명예를 지킬 수 있다면 몇 명이 죽어나가든 신경을 쓰지 않는 존재들이다.

유델로서는 그러한 사실이 아무래도 좋았다.

하지만 지금 상황에서 그들의 뜻대로 움직이게 되면 아슬론 왕국군을 정면으로 상대해야 했다.

이것이 최악의 결과를 낳을 것은 불을 보듯 뻔한 일이었다.

─판단은 좋았지만, 이미 정해진 것을 되돌릴 수는 없습니다.

'방법이 없는 건가.'

결과가 보이는 일이었기에 유델이 눈살을 찡그리며 눈을 감았다.

자신이 있음에도 불구하고 결과를 바꿀 수 없다는 사실에 무력감이 느껴졌다. 무엇보다 이대로 가다가는 제르앙 백작과 충돌하게 된다. 그와의 대결에서 승리를 장담할 수 없는 이상, 유델로서는 큰 부담감을 떠안게 되는 것과 다를 바 없었다.

─피할 수 없다면 즐겨야겠지요.

"그게 무슨 뜻입니까?"

─파젠 공작은 아마도…….

브리엘 자작의 말이 이어졌다. 상대의 심리를 정확하게 꿰뚫는 말이었지만, 말이 이어질수록 유델의 안색은 어두워져 갔다.

"…따라서 앞뒤로 협공할 것을 주장하는 바입니다."

"저는 자작님의 의견에 찬성입니다.

"저 또한 마찬가지입니다."

여기저기서 흘러나오는 찬성 표시에 유델의 안색이 어두워졌다.

전면전을 피하고 얼마 후, 아슬론 왕국군이 후퇴 준비를 한다는 소식이 전해졌다. 급보에 의하면 국경 요새를 함락시키고 본국에서 십만 이상의 지원군을 급파할 예정이라고 했다.

유델로서는 청천벽력과도 같은 소리였다. 그리고 브리엘 자작의 말이 사실이라는 것을 깨닫고는 안색이 어두워질 수밖에 없었다.

아니나 다를까, 예상했던 대로 귀족들이 대대적으로 나서면서 자신의 발언권을 주장하고 나섰다.

그들은 지원군이 오기 전 아슬론 왕국을 격파하길 바랐다. 유델은 차마 그 의견에 반대할 수 없었고, 모든 것은 귀족들이 바라는 대로 흘러갔다.

귀족들의 시선이 유델에게 집중되었다.

이미 상황은 기울대로 기운 상태.

유델은 대세에 따를 수밖에 없어 고개를 끄덕였다.

"좋습니다. 여러분의 의견에 따르겠습니다."

"감사합니다, 자작님."

제아무리 아르셀 공작가의 힘을 받는다고 하더라도 모든 귀족의 뜻을 거스를 수 없는 법이다. 그들은 자신들의 뜻을 관철하자 희희낙락하며 각자 의견을 나누기 시작했다.

그 모습을 보기 불편했던 유델은 몸을 일으켜 회의장을 벗어났다. 그 어떤 귀족도 그를 붙잡지 않았다.

'어쩔 수 없는 건가.'

홀로 생각에 잠긴 유델의 안색이 어두워졌다.

이미 정해진 이상 브리엘 자작이 예견했던 대로 일이 흘러갈 터였다.

그는 아군이 승리할 수 있는 계책을 일러주었다. 그것을 전해 들은 유델은 아슬론 왕국군을 무찌를 수 있지만, 한 가지 사실이 전제되어야 했다.

"제르앙 백작."

악마의 재능을 지닌 천재 검사.

지난번 검을 맞대고 그가 얼마나 강해졌을지 감히 상상하기 힘들다.

브리엘 자작은 아군이 승리할 수 있지만, 한 가지 전제를 깔아두었다. 그것은 바로 제르앙 백작을 상대해야 하는 것이 자신이라는 점이다.

─카스트로 자작님조차 막지 못했습니다. 그를 붙잡아둘 수 있다면 아슬론 왕국군을 전멸시킬 방법이 있습니다. 다만 이 전략을 수행하기 위해서는 누군가 희생을 해야 합니다.

그 희생양이 누구인지 뻔했다.

브리엘 자작은 자신에게 말하고 있던 것이다.

가문을 위해 희생해달라고.

이번 침공을 무사히 막아내면 아르셀 공작가는 왕가로 올라서게 될 것이다. 유델은 가문의 번영을 위한 희생양이 되어야 한다는 말이었다.

"예전이라면 받아들이지 않았을 테지만……."

유델은 이를 지그시 깨물었다.

시간이 넉넉하게 주어지고, 수련을 쌓아나갔다면 자신은 신검의 힘을 빌려 그랜드 마스터의 경지에 올라설 수 있었을 것이다.

하지만 시간은 자신의 편이 아니었다. 선택의 기로에 서야 했고, 그 속에서 가문을 위해 희생하는 것으로 결정을 내렸다.

"가문을 위해 희생하는 것이 아니다. 난 나를 위해 움직일 뿐."

브리엘 자작은 제르앙 백작을 막고 죽어달라고 말했지만, 유델은 그럴 생각이 없었다.

이를 꽉 깨문 그의 눈은 활활 타오르고 있었다.

아슬론 왕국군이 후퇴를 감행하기 무섭게 준비를 갖춘 지원군이 대대적으로 뒤를 쫓기 시작했다.

제아무리 사기가 오른 군대라고 하나 오랜 원정으로 지쳐 있는 상황이었다. 귀족들은 아슬론 왕국을 무찌른 뒤 공을 탐할 생각이 정신없이 병사들을 재촉하였다.

빠른 속도로 후퇴한 까닭에 며칠 동안 양국의 군대는 마주치지 않았다. 하지만 힘이 빠진 아슬론 왕국의 군대는 지원군에게 추격을 허용하면서 마침내 사정권 범위 안으로 들어오게 되었다.

"여기인가."

험준한 협곡을 바라보면서 유델이 중얼거렸다.

그는 아슬론 왕국이 유인책을 사용하고 있음을 알아차렸다. 아마 저곳에 들어서게 되면 아슬론 왕국은 퇴로를 차단하면서 전면전을 감행할 것이다.

지리적인 이점을 살리기 힘들지만, 사나운 아슬론 왕국의 정예병들은 지원군보다 훨씬 강력한 전력을 지니고 있었다.

함정에 빠진 것으로 인한 공황 상태는 충분히 지원군을 전멸의 상황으로 끌고 갈 수 있었다.

그 사실을 알고 있었지만, 유델은 입밖으로 의견을 낼 수 없었다.

누가 자신의 말을 들어줄 것이란 말인가?

공 세울 것에 눈이 뒤집힌 그들의 행태에 이미 넌덜머리가 난 상태였다.

"승부구나."

무수히 많은 병사가 죽어나갈 것보다 제르앙 백작과의 승부가 눈앞에 다가왔다는 사실이 유델로 하여금 들뜨게 만들었다.

객관적인 실력 차이는 명백하다.

하지만 자신이 노리고 있는 것이 있는 만큼 먹혀드는 여부에 따라 모든 것이 달라질 터였다.

자신의 목숨도, 아군의 승리도.

그의 두 눈에 협곡 안으로 들어서는 지원군의 모습이 생생히 잡히고 있었다.

협곡 안은 아슬론 왕국이 준비해놓은 무대였다.

좁은 길목을 지나치면 거대한 분지가 모습을 드러낸다. 지형의 이점을 살리기 힘든 곳이지만, 퇴로는 좁은 길목이기에 대군이 빠져나가기 불가능한 곳이다.

한마디로 빠져나갈 수 없는 감옥이었다.

숫자에서 우위를 점하고 있는 아슬론 왕국에게 있어 정면대결을 벌이는데 안성맞춤인 곳이었다.

"걸려들었군."

분지로 들어서는 순간 우렁우렁한 목소리가 울려 퍼졌다. 분지에 들어선 지원군은 질서정연하게 도열해 있는 아슬론 왕국군을 보고 놀란 표정을 지었다. 하지만 지휘관의 독촉에 의해 안으로 진입할 수밖에 없었다.

"멍청한 녀석들이군."

알렉시온 국왕은 도열해 있는 적군을 보고서도 기어코 분지 안으로 진입하는 지원군을 보면서 어처구니없는 표정을 감추지 않았다.

파젠 공작의 계책을 들으면서 설마했던 일이다.

자신들의 유리한 이점을 버리고 불리함을 자처하는 일이

전쟁에서 두 눈으로 직접 목격할 줄은 몰랐다.

"정해진 수순입니다."

"괜찮은 전략이었다."

"……."

파젠 공작은 아무 말도 하지 않고 조용히 고개를 숙여 보였다.

유델의 결정 권한이 약해지고 귀족들이 득세하면서 자연스럽게 보일 수순이었다. 두뇌인 브리엘 자작이 존재하지 않는 만큼 공에 눈에 뒤집힌 그들이 추격할 것은 이미 정해진 차례였다.

"지원군을 격파하는 것도 중요하지만, 가장 중요한 것은 카르비앙 자작을 척살하는 것입니다."

"제르앙 백작의 실력을 의심하지 마라!"

"의심하는 것이 아닙니다. 노파심에 말이 헛나온 것입니다. 죄송합니다."

"책사들이란 눈으로 본 것만을 믿는 습성이 있지. 그래서 보여주고자 한다. 제르앙 백작."

"하명하십시오, 국왕 전하."

"공작의 염려를 말끔하게 불식시키도록."

예를 취하고 있던 제르앙 백작이 몸을 일으켰다. 그의 시선은 수만의 병사들 사이에 서 있는 유델을 정확하게 꿰뚫고 있었다.

그를 보고 있으면 참을 수 없는 불쾌감이 밀려든다. 악마의 재능 소유자가 아님에도 그에 준하는 성취를 이룩한 천재 중 천재. 그의 존재는 종래에 아슬론 왕국에 있어 재앙이 될 것임이 분명했다.

한 번의 실패는 그에게 지울 수 없는 오점으로 남게 되었다. 알렉시온 국왕에게 고개를 돌린 그는 평소와 다르게 타오르는 눈을 한 채 고개를 끄덕였다.

"명을 받듭니다."

아슬론 왕국군을 발견한 지원군은 삽시간에 혼란스러워졌다. 그들로서는 진퇴양난의 상황에 빠져든 것이다. 적을 앞에 두고 물러설 수 없다는 개똥 논리에 의해 전열을 가다듬고 전면전 준비를 하기 시작했다.

그 모습을 지켜보는 유델로서는 어처구니가 없을 수밖에 없다.

이곳은 후퇴가 불가능하다. 객관적인 전력에서 뒤처지고 있음에도 정면대결을 선택하는 것은 대체 무슨 머리란 말인가.

"결국, 이렇게 되는군."

좋으나 싫으나 앞으로 나설 수밖에 없는 상황이 되고 말았다.

모든 것은 브리엘 자작이 예상한 것과 다르지 않았기에 유델은 눈을 감으며 차분하게 호흡을 골랐다.

제르앙 백작과의 대결.

노림수를 준비해왔지만, 자신이 그를 꺾을 수 있는지 여부에 대해서 생각하자 머릿속이 어지러웠다.

'해보자. 해보면 된다.'

그랜드 마스터로 향하는 길.

자신이 그토록 염원하는 현실로 돌아가기 위해서는 반드시 올라야 하는 경지다.

그곳에 도달하기 위해서는 제르앙 백작을 넘어야 했다.

강렬한 존재감이 자신을 잡아끄는 것이 느껴지자, 시선이 자연스럽게 그곳으로 향했다. 예상했던 대로 제르앙 백작이 자신을 바라보고 있었다.

마치 자석이 잡아끄는 것처럼 유델이 앞으로 나아갔다. 전열을 가다듬는 데 여념이 없던 귀족과 기사들은 그를 놓치고 있다가 발견하곤 소리쳤다.

"어딜 가시는……."

말을 끝맺지 못한 채 뒤로 물러나고 말았다. 강렬한 기운이 전해져서가 아니다. 자기도 모르는 사이 몸이 물러난 것이다. 영문을 알 수 없는 표정을 지었지만, 누구도 유델의 앞을 가로막지 못했다.

맞은편에서 제르앙 백작이 걸어 나오는 것이 눈에 들어왔다. 상대에게 악몽과도 같은 은빛 갑옷을 차려입은 그의 모습은 찬란함 그 자체였다.

“드디어 나왔군.”

“⋯⋯.”

“다시 맞붙을 날을 기다렸지. 그날이 오늘이란 것에 기쁘군.”

제르앙 백작은 드물게 말을 많이 꺼냈다. 그만큼 그에게 있어 유델은 실력 여부를 떠나 큰 존재감으로 남아 있었다.

최강의 마스터로 군림하고 있음에도 그에게 일격을 먹인 것은 유델이 유일했고, 들키지 말아야 할 비밀 또한 드러내고 말았다.

그뿐인가.

유델은 알렉시온 국왕에게 무례를 범한 인물이었다.

그 자체만으로 그는 용서할 수 없는 존재였다.

“오늘은 도망갈 길이 없다.”

“처음부터 도망칠 생각은 없었습니다.”

날카롭게 벼려진 제르앙 백작의 기세를 받아내며 유델은 담담히 말했다.

둘은 거의 동시에 검을 뽑아들었다.

그들의 기세가 차츰 분지를 뒤덮기 시작했다.

당장에라도 전면전을 치를 것 같았던 살벌한 분위기가 바뀌었다.

제 8 장 마지막 위기

"……."

유델은 마주한 제르앙 백작을 바라보며 침착하게 호흡을 골랐다.

경지가 높아질수록 기세를 조절하는 것이 자연스러워져 마스터의 경우 의도하지 않으면 일반인과 다를 바 없는 기도를 지닌다. 하지만 마음을 달리한 채 주변을 장악하기 시작하면 폭발적인 기운으로 단숨에 공간을 지배한다.

악마의 재능을 타고나 그것을 갈고 닦은 제르앙 백작은 이미 그랜드 마스터에 근접한 실력을 지녔다. 그가 마음을 먹는 순간 거대한 분지 자체가 통제하에 놓인 것처럼 정적으로 물들어갔다.

"대단하군."

기세를 마주하던 유델은 자기도 모르게 감탄사를 터뜨렸다. 제르앙 백작이 자신에게 있어 최종 목표가 아닌 통과점에 불과했지만, 검사로서 성취는 독보적이라 해도 과언이 아니었다.

"감탄하고 있을 때가 아닐 텐데?"

"……!"

음성이 귓가에 꽂히는 순간 날카로운 기세는 이미 전신을 옭아매며 면전에 도달해 있었다.

경악한 유델은 헛바람을 집어삼킬 틈도 없이 검을 치켜들었다.

꽝! 하는 충격음과 동시에 강렬한 기파가 사방으로 흩어졌다.

손아귀가 찢어질 듯한 통증이 느껴지자 이를 꽉 깨문 유델은 뒤로 물러나며 충격을 해소했다.

그의 손에는 블루 스카이가 아닌 아직 어색한 그린 랜드가 들려 있었다.

기습과도 같은 첫 공격에서 이득을 취하지 못한 제르앙 백작은 미간을 찌푸리며 재차 공격을 감행했다.

충돌할 때마다 느껴지는 둔중한 느낌은 그의 검에 실린 힘이 단순한 오러를 넘어서 마스터의 비기가 깃들어 있다는 것을 깨달을 수 있었다.

압도적인 힘의 응집.

그것이 의미하는 바가 무엇인지 알고 있었기에 유델 또한 레드 티어즈로 습득한 힘을 적극 활용했다.

강화계는 강력한 힘으로 적을 찍어 누르는 성질을 지녔다. 부족한 위력을 극복하고자 힘의 응집 묘리를 활용했던 유델로서는 어느덧 자기 몸처럼 자유자재로 사용하는 것이 가능해졌다.

꽝! 쫘과과광!

두 개의 검이 어지럽게 얽히다가 흩어지길 반복했다. 자신의 공격을 어렵지 않게 받아내는 유델을 보며 제르앙 백작은 표정을 굳혔다.

'강해졌군.'

마스터의 경지에 오른 것이 확실했다. 그리고 들려오는 소문이 사실일 확률 또한 높았다. 검을 다룸에 있어 망설임이 존재하지 않았고, 마나의 수발과 오러의 위력이 뛰어났다.

이를 꽉 깨문 제르앙 백작이 검에 마나를 응집했다.

거센 진동이 일어나며 검이 부르르 떨리는 순간, 그녀의 검이 빛처럼 빠르게 쇄도했다.

쩌어엉!

귀청이 떨어질 듯한 거센 폭음과 함께 유델의 신형이 뒤로 주르륵 밀려났다.

“버겁군요.”

“전혀 타격을 입지 않고 그런 말을 하니 어이가 없군.”

둘의 눈이 허공에 교차했다.

제르앙 백작은 현실을 인정했다. 눈앞의 유델은 더 이상 자신에게 쩔쩔 매던 하수가 아닌, 자신과 대등한 대결을 펼칠 수 있는 검사였다.

두 마스터의 대치 상황에 상황을 지켜보던 지원군 귀족들은 정신을 차렸다. 갑작스러운 유델의 행동으로 인해 잊고 있었지만, 지금 자신들이 해야 할 일이 떠오른 것이다.

“공격하라!”

“공격! 공격!”

기사들의 외침과 함께 기사단이 앞장서고, 병사들이 뒤따르는 형태가 되었다. 그들은 약속이라도 한 것처럼 유델과 제르앙 백작이 대치하고 있는 곳을 피해 충돌을 일으키기 시작했다.

한눈에 보아도 사기가 오른 아슬론 왕국군이었다. 저들을 상대로 승리를 거두겠다는 귀족들의 행태에 유델이 표정을 찌푸렸다.

“어리석은.”

“어리석지. 하지만 그들만 어리석은 것은 아니지.”

“절 뜻하는 것입니까?”

“죽을 자리도 모른 채 나서는 모습이 영락없는 어리석은 자들이니까.”

제르앙 백작의 말은 많은 것을 내포하고 있었다. 무모한 대결에 나선 자신과 카스트로 자작까지 비꼬고 있던 것이다. 검을 쥔 손에 힘이 들어갔지만, 표정으로 드러내지 않았다. 감정의 변화는 제르앙 백작으로 하여금 유리한 상황을 조성할 뿐이었다.

“오늘 이 자리는 다를 것입니다. 약속하죠.”

“약속한다고 해서 달라질 것 같지는 않군.”

“곧 알게 될 것입니다.”

우우웅!

공명음이 울려 퍼지면서 유델의 검이 부르르 떨렸다. 강렬한 힘의 응집이 느껴지자 그것을 지켜보는 제르앙 백작의 표정이 서서히 굳어갔다.

“멍청하구나.”

진군 명령을 내린 룬가드 왕국 귀족들을 보면서 알렉시온 국왕은 냉소를 지었다.

처음에 유델이 나서기에 지원군이 후퇴할 시간을 벌기 위해 희생하려는 거라 생각했다. 하지만 그의 숭고한 희생은 어리석은 귀족들의 판단에 빛이 바래고 말았다.

“단숨에 무찌르셔야 합니다.”

“알고 있다. 저들이 얼마나 어리석은 행동을 했는지 알려주는 게 좋겠지."

　서늘한 눈으로 달려드는 이들을 보며 알렉시온 국왕이 고개를 나직이 끄덕였다. 그러자 기사들이 일사불란하게 움직이며 공격명령을 내렸다.

　와아아아!

　숫자에서 우위를 점하고 있는 아슬론 왕국군이 함성을 지르며 달려들자 분지 전체가 뒤흔들리는 듯한 충격파가 퍼져 나갔다.

　한순간 압도당한 룬가드 왕국군이 우왕좌왕하는 모습을 보며 알렉시온 국왕이 입꼬리를 말아 올랐다.

　반전을 약속한 유델의 실력은 진짜였다. 화려한 변화 속에 상상을 불허하는 힘의 응집이 깃든 그의 검은 제르앙 백작이 단 한 번도 겪어 보지 못한 것이었다.

　꽝! 하는 소리와 함께 손아귀가 저릿해지는 통증을 느꼈다. 이를 지그시 깨문 그가 타오르는 눈으로 유델을 노려보았다.

　그 또한 상태가 좋지 않은 것은 마찬가지였으나 예상외의 상황을 만들었기에 표정은 밝았다.

　"마스터의 비기를 깨달았군."

　"그것을 혼자 알고 있다고 생각하면 안 되지 않습니까."

　"……."

　"마스터의 비기는 강합니다. 그것을 당신 혼자 알고 있다고 생각했다면 자만했다고 말하고 싶군요."

제르앙 백작은 아무 말도 하지 않고 검을 들어 휘둘렀다. 유델의 말은 모두 사실이고, 할 말이 없었다. 자신의 허물을 감싸 안는 것은 그만한 용기를 필요로 하는 일이었다.

악마의 재능을 타고난 그는 마스터에 오르면서 뛰어난 재능을 제어할 수 있게 되었다.

범인과 차원을 달리하는 자질은 마스터에 오른 직후, 나아가야 할 길을 밝혀주었다. 어떻게 어떤 방향으로 나아가고, 어떤 방식으로 힘을 활용할지 깨닫는 순간, 그의 무위는 상상을 불허할 정도로 상승했다.

동급의 경지인 다른 마스터들은 그 방향을 잡지 못한 채 우왕좌왕하고 있었다. 제대로 된 갈피조차 잡지 못한 그들이 마스터의 비기를 습득할 수 있을 리 없었다.

그 속에서 홀로 검을 갈고 닦은 제르앙 백작은 마스터가 지닌 비기 세 가지를 습득할 수 있었고, 시기적절하게 활용하면서 무적의 검사로 군림할 수 있었다.

"얕본 것을 사과하지."

"사과를 받아들입니다. 당신이 사과를 할 줄은 몰랐습니다."

"네게 용서를 구하고자 함이 아니다. 이것은 내 잘못을 깨달음과 동시에 국왕 전하를 위해 후환이 될 자를 어설프게 처리하려 했던 것을 국왕 전하께 죄를 구하고자 함이다."

제르앙 백작에게서 스산한 기세가 발산되었다.

처음 접한 기세에 유델이 주춤하는 순간, 그의 검이 움직였다.

강화계, 변환계, 범위계.

마스터가 지닌 세 가지 비기에 대해서 제르앙 백작은 명확하게 분류를 나누지 않았다.

다른 마스터는 하나조차 습득하기 어려웠지만, 그는 천부적인 재능으로 마치 당연한 것처럼 자연스럽게 활용할 수 있었다.

유델의 눈을 현혹하는 검로는 변환계고, 검 끝에 응집된 힘은 강화계다. 그리고 충돌하는 순간 힘의 범위를 통제하는 것은 범위계였다.

세 가지 비기가 깃든 그의 검은 무적으로 군림했고 누구 하나 받아낸 이가 없었다.

스산한 기세가 느껴지는 순간, 유델은 자신이 발휘할 수 있는 모든 힘을 집중했다. 능숙하게 활용할 수 있는 변환계와 강화계의 힘을 섞은 것이다.

하지만 두 개의 비기와 세 개의 비기는 차이가 날 수밖에 없었다.

충돌하는 순간, 항거할 수 없는 충격파가 내부로 스며드는 것을 느끼며 유델은 피를 토했다.

"우웩!"

손이 떨어져 나갈 것 같은 충격을 느꼈지만, 황급히 뒤로 물러났다. 이대로 멍하니 자리에 서 있으면 곧바로 공격을 허용할 것을 염려한 것이다. 정신없이 물러나 자신의 팔을 바라보니 자리에 그대로 있었다. 떨어져 나간 게 아니어서 안도의 한숨을 내쉬었다.

'이 정도일 줄은.'

제르앙 백작이 그랜드 마스터로 향하는 길을 알고 있으리라 생각했지만, 이 정도일 줄은 몰랐기에 유델은 이를 꽉 깨물었다.

모든 것이 계획대로 진행되기 위해서는 더 많은 인내를 필요로 했다.

"투지를 잃지 않은 것은 가상하군."

일격으로 실력의 격차를 느꼈음에도 물러서지 않는 모습에 제르앙 백작은 입꼬리를 말아 올렸다.

결과부터 말하자면 유델은 처음부터 승리할 생각이 존재하지 않았다.

그린 랜드의 힘을 얻지 못한 상황에서 그랜드 마스터에 근접한 제르앙 백작의 무위는 자신이 넘보기 힘들 만큼 고강했다.

그것을 단기간에 극복할 방법은 없었다. 귀족들이 고집을 부리지 않았다면 시간을 끌면서 천천히 실력을 갈고 닦았을 테지만, 눈앞의 이익에 눈이 먼 그들을 통제할 수단은 존재하지 않았다.

그래서 결심을 해야 했다.

정면대결을 하느냐 마느냐.

자신이 나서서 제르앙 백작을 막지 않으면 지원군은 전멸을 당할 것임이 분명했다.

지원군의 상당수는 아르셀 공작가를 비롯한 라이오스 지방 출신의 병사들이다. 이들을 희생시킬 수 없었기에 유델은 나설 수밖에 없었다.

그렇다면 어떻게?

제르앙 백작을 상대할 방법을 찾아야 했다.

정면 대결로는 승리가 없다.

고민하고 고민하던 유델은 마침내 한 가지 결론에 이르렀다.

그것은 제아무리 악마의 재능을 지닌 그라도 알아차릴 수 없는 방법이었다.

그리고 그 방법을 수행하기 위해 직접 앞으로 나섰다.

제르앙 백작의 실력은 상상을 초월했지만, 절망적인 정도까지는 아니었다.

공격을 감행하던 그는 어느 순간부터인가 유델의 대응이 능숙해진 것을 느꼈다. 일격에도 뒤로 밀려나며 간신히 몸을 가누던 그가 자연스럽게 힘을 흘려내기 시작했던 것이다.

전력에 가까운 힘을 발휘하고 있던 제르앙 백작에게 그것이 마음에 들 리 없었다. 미간을 찡그린 그는 검을 잡은 손에 힘을 주었다.

"감히……."

울컥하는 마음에 힘을 더욱 끌어올렸다.

세 가지 비기를 모두 습득한 그에게 있어 발휘하는 힘은 각각 분리된 것이 아니라 일련의 과정이었다.

강화계의 힘으로 마나를 응집하고, 범위계의 힘으로 통제한다. 마지막으로 현란한 변환계의 힘을 담아 상대를 능수능란하게 휘두른다.

절대무적의 위력을 지녔지만, 이것이 마냥 좋은 것만은 아니란 걸 그녀는 잘 알고 있다.

힘을 일으킨 양만큼 반동이 돌아오는 법.

자신의 힘이 어디까지 도달했는지 몰랐지만, 한 가지만큼은 확실했다.

무리한 힘의 운용은 고갈을 불러일으킨다는 것을 말이다.

다른 마스터와 겨룰 때에 비해 터무니없을 정도로 짧은 시간이 흘렀지만, 소모된 힘은 만만치 않았다.

상대를 맞춰 힘을 발휘하면 되었지만, 유델의 경우는 그렇게 할 수 없었다.

자칫 잘못하면 자신이 당할 만큼 마스터의 비기를 지닌 자.

짧은 시간 동안 이루어낸 성취였기에 오늘 놓치면 다음에 만날 땐 자신조차 승부를 장담하기 힘들 거란 위기감이 뇌리를 스쳤다.

'반드시 죽인다.'

제르앙 백작의 눈에 살기가 감도는 순간 검에 응집된 힘의 양이 더욱 커졌다.

키이잉.

내부에서 알 수 없는 소리가 들려왔지만, 그는 개의치 않고 검을 휘둘렀다.

은은한 기운이 검을 맞대는 순간 느껴졌는데, 충돌하는 순간 유델의 눈이 찢어질 것처럼 커졌다. 황급히 중심을 뒤로 옮기고 물러나려고 했지만, 해일과도 같은 힘이 이미 내부를 덮쳐오고 있었다.

"허억!"

정신없이 뒤로 밀려나던 유델은 볼썽사납게 자리에 주저앉았다가 다시 일어났다.

조금 전 공격은 상상을 초월할 정도로 강력했다. 이것이 제르앙 백작의 전력인가? 라고 생각했지만, 고개를 젓게 만들었다. 전력을 발휘했다면 저렇게 평온한 모습을 보일 수 있을 리 없었다.

한 가지 확실한 것은 방금 전 공격을 받아냄으로써 만만치 않은 부상을 입었다는 점이다.

만약 검이 부러졌다면, 그 충격은 고스란히 자신이 감내해야 했을 것이다. 이럴 때는 신검을 들고 있다는 사실이 다행으로 여겨졌다.

그보다 더 충격을 받은 사람이 있었으니, 바로 제르앙 백작이었다.

그는 여태까지 무수히 많은 검사들과 검을 겨루면서 전력에 가까운 힘을 발휘한 적이 없었다. 눈앞의 유델에게 유일무이하게 자신의 힘을 적용한 것이다.

하지만 그는 버텨냈다.

제르앙 백작의 자존심이 상한 것은 당연했다.

"…이걸 받아내?"

내부에서 무언가 들끓어 오르는 기분이다.

그것은 무력감이다.

여태까지 자신의 검으로 쓰러뜨리지 못한 상대는 없었다. 그것은 누구나 마찬가지라 생각했고, 앞으로 그럴 거라 생각했다.

그러나 눈앞의 유델은 처음으로 쓰러뜨리지 못할 수도 있다는 위기감을 심어주었다.

괴물 같은 성장 속도를 지닌 그는 대결을 펼치는 지금 이 순간에도 강해지고 있었다.

반드시 쓰러뜨려야 한다. 무슨 수를 써서라도.

그렇게 마음을 먹는 순간 그는 더 이상 검에 담아내는 힘의 한계를 두지 않았다.

마스터의 세 가지 비기.

한 번도 발휘해보지 못한 극한의 힘을 발휘하고자 마음을 먹은 것이다.

전쟁은 치열하게 이어졌다.

유델이 제르앙 백작을 물고 늘어짐에 따라 지원군이 온전한 전력을 보존한 채 아슬론 왕국군과 대결을 벌일 수 있었던 것이다.

하지만 전력의 팽팽함은 오래 이어지지 않았다.

초원 부족 토벌 원정에서 살아남은 아슬론 왕국군은 일당백의 용사들이었다. 충분한 휴식을 취하고, 무수히 많은 전쟁 경험을 쌓아온 그들은 숫자 우위를 앞세워 능수능란하게 지원군을 유린하기 시작했다.

기사 전력에서도 우위를 점하는 것은 마찬가지였다.

귀족 가문에서 각기 차출된 기사들과 달리 오랫동안 한 몸처럼 전장을 전전한 아슬론 왕국의 기사들은 체계적으로 힘을 합쳤다.

팽팽히 맞서고 있었지만, 시간이 흐르면 흐를수록 전황은 아슬론 왕국 측으로 넘어오고 있었다. 그것을 감지한 귀족들은 안색이 창백하게 질린 채 목소리를 높였다.

"안 돼! 물러서지 마!

"적들은 함정에 빠졌다! 조금만 더 밀어붙여!"

간절함이 담긴 어조로 외쳐보았지만, 애초에 전력의 차이는 명명백백.

어느 순간 전황이 기울어지기 시작하더니, 지원군의 대열이 거침없이 무너져 내리기 시작했다.

"아아!"

귀족들의 얼굴에 암울함이 물들었다.

전황의 흐름이 기울고 있는 가운데, 유델 또한 최악의 상황에 직면해 있었다.

이미 전신은 피로 물든지 오래였다.

가까스로 치명상을 피하고 있었지만, 그 전에 과다출혈로 목숨을 잃을 판이었다.

정신이 혼미할 지경이었지만, 유델은 필사적으로 정신의 끈을 붙잡고 있었다. 그의 눈은 냉철하게 가라앉아 제르앙 백작을 살피고 있었다. 눈앞에 도달한 검을 막아내려고 하는 순간, 꽝! 하는 충격에 정신이 아득해지는 것을 느껴야만 했다.

'조금 더…….'

강력한 공격의 연속이었다. 막아내기 버거울 정도였지만, 그때마다 유델은 무리를 해서라도 제르앙 백작의 공격을 방어해 내곤 했다.

그럴 때마다 제르앙 백작의 검에 더욱 강한 힘이 실리기 시작했다.

이 모든 것이 계획. 실로 도박에 가까운 행동이었다. 몇 번이고 포기하고 싶은 마음이 들었지만, 어느 순간부터인가 제르앙 백작의 검이 느릿해진 것을 감지했다.

힘을 끌어올리면 검은 더욱 빠르고 강력해진다. 그런데 죽음 직전까지 내몰린 자신이 막아낼 수 있을 정도라면 제르앙 백작의 검이 약해졌다는 걸 뜻했다.

유델은 그것을 징조라 생각했다. 목숨을 걸고 한 도박이 맞아떨어지고 있었던 것이다.

'하지만…….'

거기까지 끌어내기 위해 희생한 양이 만만치 않았다. 피를 너무 흘린 나머지 정신이 흐릿하게 느껴질 정도였다. 제르앙 백작의 검이 쇄도하는 것을 보면서, 유델은 고민에 빠져들었다.

이것을 막아내느냐, 피하느냐.

막아낼 경우 받는 충격이 만만치 않다. 잘못하면 죽을 수도 있었다. 하지만 제르앙 백작은 이마저도 부족하다는 걸 느끼고 힘을 더욱 끌어올릴 것이다.

피하자니 보이기 시작한 징조가 사라질까 두려웠다.

모든 것을 내걸고 한 도박이다. 자신의 실수가 지원군의 운명을, 나아가 왕국 전체에 끼칠 수 있다는 걸 떠올리는 순간 이를 꽉 깨물었다.

꽈앙!

"우웩!"

유델은 더 버텨내지 못하고 뒤로 물러나다가 주저앉았다. 내부가 뒤집힌 통증에 피를 몇 번이나 토했다.

'제기랄!'

더 이상 받아낼 여력이 없었다. 이대로 검을 내려치면 자신은 죽은 목숨이다.

무수히 많은 생각이 머릿속을 스쳤다.

자신과 혼인을 약속한 엘리나와 더 이상 물러서지 않겠다고 선언한 레일리아. 그리고 현실에서 기다리고 있을 가족들까지. 그들을 놓을 수 없었지만, 현실의 벽은 높고 견고했다.

'처음부터 무리였을지도.'

이를 꽉 깨물고 일어서려고 해도 몸이 말을 듣지 않았다.

이것이 한계라는 걸까.

이 정도면 많이 버텼다는 생각이 들었다.

제르앙 백작의 한계를 어느 정도라 생각지도 않은 채 막무가내식의 모험.

자신이 먼저 쓰러지느냐, 제르앙 백작이 한계를 드러내느냐의 싸움이었다.

결말은 자신의 실패다. 도박이란 것이 으레 그러하듯 성공할 확률은 희박했고, 결국 그렇게 진행되고 말았다. 성공할 수 있으리라 생각했지만, 그것은 어디까지나 희망 선에서 끝났다.

모든 것을 포기하고 눈을 감았지만, 기다리던 기세는 느껴지지 않았다.

당장 다가와 검을 휘두르기만 해도 죽은 목숨이나 마찬가지인 자신을.

'어째서?'

의아한 마음에 힘겹게 고개를 들어 앞을 바라보았다.

그곳에는 자리에 우두커니 서 있는 제르앙 백작의 모습이 보였다.

아니, 가만히 서 있는 것이 아니었다. 그의 몸은 의식하지 않으면 보지 못할 정도로 잘게 떨리고 있었다.

모든 것을 놓기 일보 직전이었던 유델은 자신의 상태조차 잊은 채 정신을 집중하여 그의 상태를 살폈다.

마나가 요동치고 있는 것이 느껴졌다. 갑작스러운 자신의 상태에 제르앙 백작은 당황하고 있었지만, 유델은 그 증상이 무엇을 의미하는지 알 수 있었다.

'됐어!'

유델은 속으로 환호성을 터뜨렸다. 희박한 확률에 모든 것을 걸었던 도박이 성공한 것이다.

피에 절어 괴기스러운 모습이었지만, 절대 쓰러뜨릴 수 없을 것 같던 제르앙 백작의 파탄은 환희에 물들게 하였다.

그는 몸을 일으키려고 했지만, 신체는 통제에 따르지 않았다. 힘이 들어가기는커녕 맥없이 주저앉으며 엉덩방아를 찧고 말았다.

인상을 일그러뜨린 그는 힘을 줘봤지만, 들어가지 않았다. 힘겹게 검을 움켜쥔 유델은 갈등했다.

'처음이자 마지막 기회다. 나는 그것을 붙잡을 수 있는가.'

제르앙 백작을 무너뜨릴 절호의 기회라 생각하자 몸이 달아올랐다.

그러다 문득 고민에 빠져 있는 자신의 모습에 유델은 어이가 없어 웃음을 흘리고 말았다.

불과 조금 전이다.

모든 것을 포기하고 운명에 순응하려던 자신이 조금의 손해도 보지 않기 위해 계산하는 모습이 우습게 여겨졌던 것이다.

'이 기회를 붙잡지 않으면 아무것도 할 수 없다.'

결심을 굳히는 순간 유델의 내부에 잠겨 있던 봉인이 해제되었다.

콰콰콰콰!

충만한 기운이 내부에 차오르는 것이 느껴졌다. 조금 전까지 천근만근 무겁던 몸은 깃털처럼 가볍게 여겨질 정도였다.

유델은 검을 움켜쥐었다. 푸른 오러가 돋아나며 선명한 오러 블레이드를 만들어낸다.

생명의 근원을 이루는 기운.

그는 제르앙 백작을 제거하기 위해 그 한계를 개방했던 것이다.

유델의 시선이 앞에 자리한 제르앙 백작에게 향했다.

그를 제거하면 모든 것이 끝나게 된다.

'크윽!'

제르앙 백작은 이를 꽉 깨물며 신음을 억누르려 애썼다. 하지만 한 번 균열이 일어나기 시작한 육체는 걷잡을 수 없을 정도로 무너지고 있었다.

그는 힘겹게 앞에 쓰러져 있던 유델을 바라보았다. 검을 뻗기만 하면 목을 베어버릴 수 있겠지만, 상황은 여의치 않았다.

'감히!'

이가 부서져라 꽉 깨물었지만, 육체는 말을 듣지 않았다.

처음에는 작은 실금이었다. 하지만 한 번 일어나기 시작한 실금은 봇물 터지듯이 걷잡을 수 없을 정도로 무너져 내렸다.

모든 것이 유델의 의도라는 걸 깨닫는 데는 오래 걸리지 않았다.

무의식적으로 알고 있었다.

그랜드 마스터의 힘은 양날의 검이라는 것을.

은연중 인간의 한계를 넘나들고 있다는 걸 알고 있었기에 주의를 기울이며 힘을 사용하고는 했다.

하지만 유델을 베어버리기 위해 신체가 허용하는 한계 이상의 힘을 사용하고 말았다.

결국, 일어난 것은 파탄.

육체가 더 이상 버텨내지 못하고 모래성처럼 부서져 내렸다.

눈앞의 유델이 주섬주섬 자리에서 일어나는 것이 보였다. 몸조차 가누지 못한 채 주저앉았으나 잠시 후, 거센 기운이 휘몰아치기 시작했다.

전황은 지원군에게 있어 최악으로 흐르고 있었다.

한 번 기울어진 흐름은 걷잡을 수 없었고, 아슬론 왕국군의 사나운 기세에 이리저리 휘둘리고 있었다.

귀족들은 병사들을 독려하여 상황을 반전시키려고 했지만, 이미 경험적인 측면에서 따라올 수 없었다.

수적 우세를 내세운 아슬론 왕국은 능숙하게 휘몰아쳤다.

그제야 아슬론 왕국군의 힘을 알아차린 귀족들이지만, 이미 상황은 늦은 후였다.

좁은 길을 통해 건너왔기에 후퇴하기에 용이하지 않았던 것이다.

그렇다고 다른 방법이 존재하는 것도 아니었다.

"무슨 수를 써보라고!"

"그러니까 왜 이곳에서 싸운 건가!"

"으아아!"

귀족들 사이에서 의견이 분분했고, 일치되지 않은 행동은 지원군이 무너지는 것을 가속화 시켰다.

이대로라면 전멸할 것임이 분명했다. 이런 상황에서 그들의 머리에 스친 것은 병사들을 희생시켜서라도 자신들은 이곳을 빠져나가는 것이었다.

절체절명의 상황에 처했을 무렵, 돌연 전투가 벌어지는 후방에서 커다란 함성 소리가 울려 퍼졌다.

"……!"

갑작스러운 현상에 전투를 벌이던 이들은 움찔하며 고개를 돌렸다. 그리고 후방에서 밀려드는 수만의 인원을 보는 순간 희비가 엇갈렸다.

"지원군이다!"

"지원군이 도착했다! 도착했어!"

환호에 가까운 함성을 터뜨리는 것은 룬가드 왕국의 지원군이었다.

그들은 아슬론 왕국이 자리하고 있는 후방에 등장한 것이다.

그 숫자가 삼만여에 불과했지만, 상황을 반전시키기에 충분했다.

자신들이 적을 함정에 빠뜨려 적을 무너뜨리고 있다 생각하던 아슬론 왕국의 병사들이다.

하지만 실제로 함정에 빠진 것은 자신이며, 앞뒤로 포위당했다는 것을 깨닫게 되자 하늘 높이 치솟았던 사기는 곤두박질치고 있었다.

절망스럽던 상황이 바뀌기 시작했다.

"후우!"

내부에 차오르는 힘을 느끼며 유델은 가볍게 숨을 몰아쉬었다.

칼로 쑤시는 듯한 내상은 가신 지 오래였다. 피범벅이 된 자신의 몰골을 보며 헛웃음을 지은 그는 외장 서클을 이용하여 힐링 마법을 시전했다.

빠른 속도로 아무는 외상. 심각한 내상을 치료하지 못했지만, 움직이는 데 문제가 없었다.

유델은 한 걸음씩 옮기며 제르앙 백작에게 다가갔다.

그가 접근할 때마다 제르앙 백작의 표정이 기괴하게 일그러지고 있었다.

"결국, 이렇게 되었군요."

"……."

모든 마나를 동원하여 육체의 붕괴를 막고 있던 제르앙 백작은 표정을 일그러뜨릴 뿐, 아무런 말도 하지 않았다.

"끝입니다."

악마의 재능은 놀라워 신검의 힘을 빌리지 않고도 그랜드 마스터에 근접한 힘을 발휘할 수 있었다.

이대로 두면 언젠가는 그랜드 마스터에 오를 거란 불안함을 심어주었다.

그러한 생각을 씻어내기 위해 검을 치켜들었다. 이대로 그를 베어버리기만 하면 모든 우환은 제거되는 셈이었다.

막 목을 베어버리려 할 때, 뒤쪽에서 익숙한 목소리가 들려왔다.

"잠깐."

"……!"

"잠깐 멈췄으면 좋겠군."

"무슨 일이십니까?"

유델의 행동을 제지한 것은 다름 아닌 칼리오스였다.

언제 어느 순간 이곳으로 왔는지 알지 못했다. 하지만 한 가지 확실한 것은 그가 자신의 행동을 가로막았다는 점이다.

일그러질 뻔한 표정을 수습한 유델은 칼리오스에게 의문을 표했다.

"그를 내게 넘겨줄 수 없나?"

"무슨 뜻입니까?"

"악마의 재능, 인간 세계에서 보기 드문 재능이지. 드래곤들은 일찍이 악마의 재능에 대해 큰 관심을 가지고 있었다. 그것은 나라고 해서 다르지 않지."

칼리오스가 말하는 바가 무엇인지 짐작하지 않아도 알 수 있었다. 그는 지금 제르앙 백작을 넘겨달라고 말하고 있던 것이다.

"제르앙 백작은 본가에 큰 위험이 되는 자입니다."

"드래곤의 손에서 벗어날 수 있으리라 생각하나?"

"그건 아닙니다."

고개를 저었지만, 유델은 께름칙한 표정이었다. 제르앙 백작은 엄연한 인간이었다. 자신 또한 인간이었기에 드래곤에게 실험 재료로서 넘기려는 것이 내키지 않았다.

비약이라고 할 수 있지만, 드래곤에게 있어 인간은 흥미로운 연구 재료 그 이상 그 이하도 아니었다.

인간이 개미를 관찰하는 것과 비슷하다고 보면 되었으니까.

갈등하는 유델을 보면서 칼리오스는 한결 가라앉은 목소리로 말했다.

"인간은 역시 이기적이군. 내가 네게 해준 것을 생각하지 않나?"

"…알겠습니다."

눈앞에서 확실하게 목숨을 취하고 싶었지만, 칼리오스의 제안을 거절할 수 없었다.

그가 그랜드 마스터로 향하는 방법을 알려주었기 때문이며, 자신이 현실로 돌아가는 데 있어 도움이 필요한 존재이기도 했다.

유델이 비켜서자 칼리오스가 제르앙 백작에게 다가갔다.

다른 행동을 할 수 없지만, 감각이 열려 있었기에 그는 눈 앞의 인간이 드래곤이라는 것을 짐작할 수 있었다.

제르앙 백작 앞에 다가간 칼리오스는 흥미로운 표정으로 관찰하다가 혀를 찼다.

"무리하게 마나를 운용했군. 악마의 재능이 뛰어나다고 하나 육체는 어디까지나 인간일 뿐이지. 육체가 붕괴하고 있군. 쯧쯧."

혀를 찬 그는 가볍게 손가락을 튕겼다. 망가지기 일보 직전이지만, 제르앙 백작은 그에게 있어 소중한 실험 재료였다. 이대로 죽는 것을 지켜볼 수 없었기에 생명을 유지해놓을 생각이었다.

푸른 기운이 제르앙 백작 주변에 아른거리더니 투명한 수정에 그를 가두었다. 눈을 크게 뜨던 그는 몸을 가늘게 떨더니 이내 눈을 감고 말았다.

"나는 가보도록 하지. 악마의 재능을 쓰러뜨렸으니 무리하게 그린 랜드의 힘을 사용하지 말고."

"알겠습니다. 도움을 주셔서 감사합니다."

"도움이라, 그렇게 생각하면 다행이군. 나는 이만 가보지."

한시라도 빨리 악마의 재능을 연구하고 싶은 마음이 굴뚝같았기에 칼리오스는 다른 말을 남기지 않은 채 텔레포트로 사라졌다.

　그 모습을 멍하니 지켜보던 유델은 가볍게 고개를 저었다. 제르앙 백작을 죽이지 못했지만, 드래곤의 손에서 벗어날 가능성이 없는 이상, 아슬론 왕국은 가장 큰 전력을 잃은 셈이다.

　주변을 둘러보니 앞뒤로 포위당한 아슬론 왕국군이 우왕좌왕하는 것이 눈에 들어왔다.

　저들에게 결정적인 타격을 가해야겠다고 마음먹은 유델이 마나를 실어 외쳤다.

　"제르앙 백작을 쓰러뜨렸다! 모두 힘을 합쳐 적을 무찔러라!"

　그의 외침은 유리하게 돌아가는 전황에 기름을 붓는 격이다. 전신에 피칠을 하고 있지만, 멀쩡하게 외치는 유델을 보며 병사들은 함성을 질렀다.

　"와아아아!"

　반대로 아슬론 왕국군의 기세는 걷잡을 수 없을 정도로 무너져갔다.

제
9
장　양자택일

아슬론 왕국군은 패퇴했다.

알렉시온 국왕의 지휘 아래 네 명의 마스터가 필사적으로 분전했다.

앞뒤로 포위하여 퇴로를 차단했지만, 룬가드 왕국군은 아슬론 왕국군을 완전히 무너뜨리지 못했다.

전투는 꼬박 하루 동안 이루어졌다.

유델은 이대로 가다가 양측 모두 큰 피해를 입을 수 있다고 생각했다.

사기 면에서 현격한 우위를 점했지만, 마스터의 숫자가 부족했다. 기사 전력은 엇비슷했기에 유델은 더 이상 그들을 몰아칠 수 없었다.

자신 또한 생명력을 불태워 멀쩡함을 가장하고 있는 상황이었다. 압도하고 있으면 모를까, 쉬이 이길 수 없다는 생각이 들자 그는 곧바로 휴전 협정을 제안했다.

지원군 귀족들은 유델의 이러한 제안을 듣고 거세게 반발했다.

하지만 아군을 궁지로 몰아넣은 어리석은 선택을 수면 위로 언급하며 호통을 치자 귀족들은 아무 말도 하지 못한 채 그의 제안을 따를 수밖에 없었다.

전멸을 각오했던 알렉시온 국왕은 룬가드 왕국의 휴전 협정 제안에 눈을 지그시 감았다.

"저들의 제안이 무엇을 뜻하고 있지?"

"생각만큼 상황이 좋지 않다는 것을 뜻하고 있습니다. 제르앙 백작을 상대한 카르비앙 자작의 상태가 좋지 않을 확률이 높습니다."

묻는 알렉시온 국왕이나, 대답하는 파젠 공작의 음성 모두 낮게 가라앉아 있었다.

그랜드 마스터에 근접한 제르앙 백작이 무너질 거라고 생각지도 못한 그였다. 최강의 마스터인 그에 비해 유델은 마스터에 오른 지 얼마 되지 않은 신생에 불과했다.

그러나 결과가 모든 것을 말해주는 법이다.

지금 유리한 고지를 점하고 있는 것은 룬가드 왕국이었다.

퇴로가 차단된 아슬론 왕국군은 이대로 포위만 당해도 굶어 죽을 수 있었다.

"공작의 생각은 어떠하지?"

"받아들여야 합니다."

"휴전 협정이라, 사실상 항복과 다를 바가 없군."

알렉시온 국왕의 음성에는 허탈함이 가득했다. 초원을 정복하고, 막강한 군대를 거느림으로써 남부 대륙을 일통할 생각에 가득하던 그였다. 하지만 상황은 최악으로 흘렀고, 굴욕적인 항복을 눈앞에 두고 있었다.

"미래를 기약하셔야 합니다. 시간이 흐를수록 본국의 힘은 강해질 것입니다."

"그럴 테지. 하지만 이 굴욕은 평생 동안 이어질 것이고."

모든 것이 허무했다.

레일리아를 취하기 위해 일으킨 전쟁이었다. 랜필드 왕국을 물리쳤고, 적들의 숨통까지 진격했지만, 단 한 번의 패배가 모든 것을 뒤집어놓고 말았다.

파젠 공작은 허허롭게 웃음을 짓는 알렉시온 국왕을 보면서 마음이 아팠다.

그의 장점은 언제나 자신감이 넘치는 모습이었다. 하지만 제르앙 백작을 잃고, 굴욕적인 휴전 협정을 눈앞에 두면서 몇십 년 늙은 얼굴을 하고 있었다.

"받아들이겠다. 순간의 굴욕을 감수해서라도 부하들을 지켜야겠지."

"죄송합니다."

침울한 안색으로 고개를 깊이 숙이는 파젠 공작이었다.

휴전 협정은 일사천리로 진행되었다.

몸이 좋지 않은 유델을 대신하여 카펠로 남작이 나섰고, 아슬론 왕국과 아르셀 공작가 간의 협정이 벌어졌다.

조건은 압도적으로 아르셀 공작가에게 좋을 수밖에 없었다.

막대한 양의 보상금을 십 년 동안 분할하여 지급하고, 향후 이십 년 동안 침공할 수 없다는 굴욕적인 조건이었다. 차마 앞으로 나서지 못한 알렉시온 국왕은 파젠 공작에게 모든 것을 일임하여 일을 처리했다.

"끝났구나."

협정이 체결되자 병사들은 전쟁에서 승리했다는 기쁨에 환호성을 터뜨렸다.

유델은 그 모습을 바라보면서 힘없이 미소를 지었다. 전쟁에서 승리했지만, 그는 치명적인 부상을 입고 말았다.

생명력을 불사른 대가는 혹독했다. 여태까지 쌓아온 마나 상당 부분을 상실했고, 내상은 악화하여 마나 로드 곳곳이 꼬여버렸다.

이를 복구하는 데만 몇 년 이상의 시간이 걸릴 것임에 분명했다.

이것을 알고 있는 사람은 몇 되지 않았다. 전쟁은 끝났지만, 내부적인 권력 다툼은 끝나지 않았다. 아르셀 공작가가 우위를 점하기 위해서는 유델의 존재가 반드시 필요했다.

전쟁이 끝나면서 유델의 이름은 왕국 전역을 뒤덮었다.

최강의 마스터인 카스트로 자작조차 이기지 못한 제르앙 백작을 유델이 꺾은 것이다.

사람들은 유델의 이름을 칭송하면서 빛나는 재능을 지닌 그의 앞날을 축복했다.

그가 왕국을 지키고 있는 한 타국의 침공에서 승리할 수 있다는 자신감이 팽배했다.

아르셀 공작 이후, 탄생한 새로운 영웅을 칭송했다. 이는 아르셀 공작가의 위명이 상승하는 것으로 이어지는 것이 당연했다.

승리를 거둔 지원군이 왕도로 들어설 때, 성 밖으로 나온 백성들이 일제히 함성을 질렀다.

와아아아!

카르비앙! 카르비앙!

말을 타고 선두에서 걸어오던 유델은 자신을 보고 환호하는 사람들을 보며 가슴이 벅차오르는 것을 느꼈다.

자신은 엄밀히 말하면 그들을 위해서 검을 든 것이 아니었다.

오로지 가문의 영광을 위해 검을 들었던 것에 불과했지만, 결과는 모두에게 이로운 것이 되었다.

그것이면 되었다.

하지만 위기는 모두 끝나지 않았다.

"……."

숨 막히는 긴장감이 대전을 지배했다.

불과 세 명밖에 존재하지 않음에도 불구하고 대전 안의 긴장감은 소위 왕궁 정기 회의에 모인 귀족들 못지않게 치열한 신경전이 벌어지고 있었다.

세 사람 가운데 신경전을 펼치고 있는 것은 단 두 명이었다. 하지만 그들이 발산하는 한기는 대전 분위기를 무겁게 가라앉혔다.

'하…….'

아슬론 왕국을 무찌르는데 큰 공을 세운 유델은 국가적인 영웅이 되었지만, 지금 이 자리에서 아무 소리도 할 수 없었다.

대전 안에 자리하고 있는 다른 두 사람.

그들은 아르셀 공작가의 일원인 레일리아와 엘리나였던 것이다.

레일리아는 난감한 표정을 지으면서 입을 꾹 다물며 단호함을 드러내고 있었고, 엘리나는 시종일관 냉랭한 표정을 지었다.

두 사람 사이에 낀 유델은 어느 누구의 편도 들지 못한 채 난감한 기색만 드러내고 있었다.

"다시 말해보세요."

먼저 말문을 연 것은 엘리나였다. 냉랭함이 느껴지는 어조에도 불구하고 레일리아는 흔들리지 않은 채 대답했다.

"나도 더 이상 내 사랑을 포기하지 않겠다고 말했어."

"그 사랑이… 내가 짐작하고 있는 것은 아니겠죠?"

"미안하지만, 맞아."

"……"

한 치의 망설임 없이 대답하는 태도에 엘리나는 꿀 먹은 벙어리가 되고 말았다.

그녀의 입장에서는 청천벽력과도 같은 소리가 아닐 수 없다.

전쟁이 끝난 지금, 자신 앞에 남은 것은 유델과 혼인뿐이었다.

수년간의 기다림 끝에 마침내 다가온 마침표.

하지만 마음을 놓았던 가장 큰 적은 다시 야심을 드러내고 말았다.

매섭게 변한 눈동자는 유델에게 향했다. 갑작스러운 상황이 당황하던 유델은 엘리나의 눈을 접하고 자기도 모르게 고개를 돌렸다.

그 모습이 그녀의 분노에 더더욱 불을 지폈다.

"뭐라고 말 좀 해봐요."

"나는……."

말문을 열었지만, 차마 말을 이어나갈 수 없었다. 무슨 말을 하더라도 자신을 바라보는 두 쌍의 여인에게 상처가 되기 때문이다.

이 순간 무슨 말을 해야 한단 말인가.

유델의 고민이 깊어질수록 엘리나의 미간에 골이 파여 갔다. 몇 년 동안 그를 오매불망 기다리며 내조를 해왔음에도 레일리아를 뛰어넘지 못한 것이다. 허탈함이 전신을 휘감자 저절로 한숨이 흘러나왔다. 반대로 그가 머뭇거릴수록 레일리아의 표정은 밝아지고 있었다.

곤란한 지경에 처했을 때, 대전에 강렬한 빛이 일어나기 시작했다. 자리에 앉아 있던 레일리아는 자기도 모르게 벌떡 일어서고 말았다.

왕궁은 외부의 마법에 대비하기 위해 갖가지 준비가 되어 있었다. 그런데 어떻게 마법이 시전될 수 있단 말인가. 경악의 빛이 떠오르기 무섭게 새하얀 빛이 사방에 폭사되었다.

스파앗!

모습을 드러낸 것은 칼리오스였다. 그는 대전 안에 있는 유델을 보고 표정을 굳힌 채 다가왔다.

"할 말이 있다."

“무슨 일입니까?”

“내가 데려간 녀석과 관련된 일이다.”

“……!”

유델의 표정이 굳었다. 칼리오스가 말하는 녀석이라 함은 제르앙 백작임이 분명했다.

“지금 당장 가야 한다.”

“알겠습니다. 잠시 시간을 주실 수 있습니까?”

“알겠다.”

허락이 떨어지자 그는 레일리아에게 다가가 자세한 사정을 설명했다. 죽은 줄 알았던 제르앙 백작이 살아 있고, 왕궁 한복판에 등장한 이가 드래곤이란 사실에 그녀는 경악하고 말았다.

“잠시 다녀오겠습니다.”

레일리아는 고개를 끄덕이며 순순히 그를 보내주었지만, 엘리나는 달랐다. 그의 앞을 가로막은 그녀는 표정을 굳힌 채 노려보았다.

“…미안.”

“남자가 하는 일에 간섭하는 게 나쁘다는 건 알아요. 하지만 이번 일만큼은 나빠요. 다시 돌아올 때 확답을 가지고 오겠다고 약속을 해요.”

“알았어.”

그녀에게 미안한 마음이 가득했지만, 지금 이 순간은 제르앙 백작을 찾아 떠나야 했다.

유델이 칼리오스에게 다가가자 빛에 휩싸이며 두 사람의 몸이 사라졌다.

대전 안에 남게 된 둘은 아무 말도 하지 않고 조용히 서로 바라보았다. 이번에 먼저 입을 연 것은 엘리나였다.

"다시 돌아오면 그때 이야기를 하도록 해요."

"알았어. 그리고 미안해."

"……."

레일리아의 사과에도 불구하고 엘리나는 묵묵부답이었다. 그 모습을 지켜보는 그녀는 가슴이 답답해져 옴을 느꼈지만, 내색하지 않았다.

유델을 떠나보낸 것도 자신이고, 두 사람의 사이에 끼어든 것도 자신이다.

잘못한 것이 사실이기에 어떠한 변명의 여지도 존재하지 않았다.

강렬한 빛이 폭사되면서 두 명의 사람이 모습을 드러낸다. 거대한 공동이 시야에 들어오자 유델이 주변을 두리번거리며 입을 열었다.

"여긴?"

"내 레어다."

"신기한 곳이군요."

"안으로 들어가면 신기한 게 더 많지. 따라오도록."

칼리오스가 앞으로 나아가자 유델이 뒤를 따랐다.

처음 보는 드래곤 레어는 웅장함 그 자체였다. 인공적으로 깎아낸 공간은 드래곤 본체의 크기를 수용하고도 남을 크기였기에 압도되는 느낌을 주었고, 곳곳에 자리한 통로들을 지나치면 그만한 공동이 자리하고는 했다.

복잡한 통로를 거친 끝에 유델이 도착한 곳은 칼리오스의 실험실이었다.

으레 실험실을 생각하면 여러 물품이 복잡하게 어질러져 있는 곳을 떠올리게 마련이지만, 칼리오스의 실험실은 정갈함 그 자체였다.

한쪽에 누워 있는 제르앙 백작을 보는 유델의 마음은 복잡했다. 그의 입장에서 판단할 여부는 되지 않았지만, 차라리 자신의 손에 목숨을 잃는 것에 그에게 더 좋았을 수도 있다고 생각했다.

"무슨 문제가 있는 것입니까?"

"악마의 재능이 지닌 힘은 놀랍다. 그랜드 마스터이되 그랜드 마스터가 아닌 경지를 이룩했더군. 아마 충분한 시간이 주어졌으면 저 스스로 한계를 뛰어넘어 그랜드 마스터의 경지에 올라설 수도 있었을 것이다."

인간의 몸으로 수용할 수 있는 힘의 한계가 있기에 그랜드 마스터의 경지는 신검의 힘을 빌리지 않고서는 올라설 수 없었다.

그랜드 마스터를 목표로 했기에 유델은 자기도 모르게 집중했다.

정신적인 깨달음을 얻어 새로 경지를 개척하게 되면 그때부터는 온전히 자신의 의지로 세계를 뛰어넘을 수 있게 된다. 스스로 찾아낸 방법이 존재했지만, 아직까지 불완전했다. 그 점을 극복하기 위해서는 경지에 올라야 했다.

"넌 악마의 재능을 지니지 않았지. 하지만 신검의 힘을 얻어 그랜드 마스터에 오를 기반이 마련된 상태다."

"그렇습니까?"

"그렇다. 더 정진하면 그랜드 마스터에 오르는 것도 무리가 아니지. 그래서 나는 너를 이곳으로 데려온 것이다."

"무슨 뜻인지?"

"더 높은 경지에 올라서면 골치 아파질 테니까."

순간 마나의 기운이 느껴지는가 싶더니 어느새 그의 기운이 전신을 옭아매고 있었다.

"이게 무슨 짓입니까!"

"인간의 성취가 놀랍다지만, 이 정도일 줄은 몰랐다. 그랜드 마스터에 오르면 나조차도 감당하기 버거울 지경이 되지. 그래서 이렇게 손을 쓸 수밖에 없었다."

"무슨……."

유델은 아직까지 칼리오스의 말이 의미하는 바를 알아차

리지 못했다.

그는 자신과 협력하는 사이가 아니었던가? 드래곤과 인간의 차이가 존재했지만, 추구하는 바는 같았다. 그가 배신한 이유가 납득이 되지 않았다.

칼리오스는 그의 생각을 잠작이라도 한 것처럼 말했다.

"간단하다. 나의 목표는 타차원이 존재하는 것을 알아내는 것이 아니다. 그곳에 직접 방문하여 그곳의 존재를 나 스스로 증명해내는 것이지."

"큭! 그럼……."

유델은 머리를 둔기로 얻어맞은 것처럼 큰 충격을 받고 말았다. 칼리오스는 처음부터 자신의 계획에 순순히 협력할 생각이 없었던 것이다. 그는 자신이 일정한 경지로 올라서는 순간, 이런 움직임을 보일 생각이었다.

"마법은 무궁무진하다. 우리 드래곤이 무차별로 유희를 하여 대륙을 망가뜨릴까 걱정하던 드래곤은 재미있는 마법을 창안했지. 바로 하위 생명체에게 드래곤의 정신 일부를 이식하는 것이다."

"……!"

이는 일종의 아바타 마법으로, 드래곤 유희로 인해 대륙의 균형이 깨지는 것을 염려한 드래곤이 만들어낸 마법 중 하나였다.

드래곤의 재능이 워낙 뛰어나다 보니 대륙은 그들의 무대가 되어 엉망진창으로 변해버리기 일쑤였다. 이 때문에 드래곤 로드는 대대적으로 그들을 구속하는 방안을 마련했고, 드래곤 중 하나가 직접적인 유희가 아닌, 하위 생명체의 몸을 빌린 아바타를 만들어내는 것으로 대신했다.

자질은 현저히 뒤처지지만, 복불복 시스템으로 이루어지는 아바타는 미묘한 부족함으로 인해 드래곤들 사이에서 큰 인기를 끌었다.

칼리오스는 유델의 정신을 제압한 뒤 자신의 정신력을 주입하여 그의 몸을 자신의 것으로 차지할 생각이었던 것이다.

드래곤의 영향을 받지만, 아바타는 여전히 인간이게 된다. 그의 기억을 온전히 흡수한 뒤 타차원으로 향하는 방안을 시전하게 되면 자신 또한 다른 차원으로 넘어갈 수 있게 될 터였다.

유델의 표정이 일그러지는 데 반해 칼리오스의 입가에 맺힌 미소는 짙어지고 있었다.

중간계의 위대한 수호자가 처음부터 인간 따위에게 신검을 주며 환심을 살 리 없었다. 유델은 처음부터 속고 있던 셈이다.

"그동안 수고가 많았다."

"크윽!"

머릿속을 파고드는 기운에 유델은 이를 꽉 깨물며 저항하려고 했지만, 압도적인 정신력 앞에 버텨내는 것은 불가능한 일이었다.

　복잡한 실타래가 풀려가듯 깨질 듯한 두통이 어느 순간 가시며 멍한 표정으로 바뀌어갔다.

　스스로 정신을 놓아버리려는 행동에 칼리오스의 표정이 처음으로 일그러졌다. 격렬히 저항하다가 모든 것을 놓아버렸지만, 이리되면 자신이 얻을 수 있는 것은 아무것도 없었던 것이다.

　"저항이 거세군. 그래봤자 소용없다."

　유델은 증오가 깃든 눈으로 칼리오스를 노려보았지만, 눈 하나 깜빡하지 않았다.

　하루 만에 제압하지는 못했지만, 시간을 천천히 들일 생각이었다. 처음부터 끝까지 정신을 무너뜨림으로써 완벽하게 정신을 장악하고 타차원으로 향하고자 했다.

　"모든 것을 포기하려 한다 한들 가능할 거라 생각 말도록."

　낮은 웃음소리와 함께 칼리오스가 멀어졌다.

　뒷모습을 바라보는 유델이 입술을 세게 깨물었다.

　칼리오스의 정신 제압은 질겼다.

　그는 단번에 제압하는 게 여의치 않다는 것을 파악하고는 처음부터 차근차근 그의 정신을 제압해나갔다.

　그때마다 유델은 격렬히 저항했다. 그럴 때마다 마법이 튕겨 나갔지만, 칼리오스는 탑을 공들여 쌓는 것처럼 하나하나 정신을 무너뜨려 나갔다.

유델의 정신을 무너뜨리기 위해 그는 식사조차 시키지 않고, 잠조차 재우지 않았다. 육체의 고단함은 정신에까지 영향을 미쳤다. 모든 힘이 떨어져 더 이상 버텨내지 못할 때, 칼리오스의 기세가 유델의 뇌리를 파고들었다.

"되었군."

정신 제압이 시작되자 칼리오스가 입꼬리를 말아 올렸다.

뭐든지 처음이 힘든 법이다.

상당한 시간이 걸릴 테지만, 정신 제압이 시작된 이상 유델이 할 수 있는 것은 없었다. 두 눈이 풀려가는 모습을 보면서 칼리오스는 차근차근 정신을 제압해나갔다.

절체절명의 위기였다.

정신 제압은 지니고 있는 의지를 말살시키는 극악한 마법이다.

가장 먼저 제압한 것은 육체를 조종할 수 있는 의지였다. 유델은 정신이 멀쩡하게 깨어 있지만, 마치 인형처럼 칼리오스의 의지에 따라 움직이고는 했다.

그 다음은 감각이었다.

가장 먼저 촉각을 빼앗았고, 미각, 청각 등을 차례대로 빼앗겼다.

마지막으로 시각마저 빼앗길 때, 유델은 캄캄한 어둠속에 갇히는 처지가 되었다.

‘나는 어떻게 되는 걸까.’

드래곤에게 제압된 이상 방법이 없다는 것을 스스로 잘 알고 있다. 하지만 미련이 남는 것은 원하던 고지에 거의 다다라서일지도 모른다.

‘포기할 수 없다.’

정신 제압이 어떠한 원리인지 모르지만, 자신이 저항하면 차질을 빚는다는 것을 알 수 있었다.

모든 것을 놓아버리고 싶은 마음이 한두 번 드는 것이 아니었지만, 유델은 의지를 다지며 정신을 집중하고자 했다.

몸을 움직일 수 없어도, 모든 감각을 빼앗겨도 기운만큼은 달랐다.

마나를 운용하며 내부로 순환시키자 거센 물줄기처럼 흐르기 시작했다. 그러자 놀랍게도 잃어버렸던 감각이 돌아오는 것이 느껴졌다.

마법은 마나의 흐름으르 인위적으로 조작하는 것이다.

이는 드래곤이 시전하는 마법이라고 해서 다르지 않았다.

내부에 흐르는 마나는 평상시 마법사에게 항마력이라 불리며 마법의 위력에 어느 정도 보호하는 힘이라 칭한다. 유델의 마나 운용은 항마력이 되어 칼리오스의 마법을 튕겨내고 있던 것이다.

차근차근 마법을 시전하던 칼리오스는 갑작스럽게 풀려나가는 마법에 놀란 표정을 지었다.

그러다 마나를 운용하여 자신의 마법을 풀어내고 있다는 걸 깨닫고는 분노한 표정을 지었다.

"하찮은 인간이!"

칼리오스의 손이 바쁘게 움직이기 시작했다. 유델과 마나 운용과 그의 마법이 본격적으로 충돌했다.

보름여의 시간이 흘렀다.

그동안 유델의 몸은 해골처럼 말라 있었다. 당장에라도 모든 것을 포기하고 싶은 마음이 굴뚝 같았다. 하지만 그는 끝까지 희망의 끈을 놓지 않았다.

마나를 운용하면 운용할수록 칼리오스의 정신 제압 마법을 우연하게 막아내고 있었다. 한 번 당한 것을 두 번 당하지 않듯이, 정신 제압 마법이 시전되자, 이제는 익숙하게 막아내고 있었다.

예상했던 것보다 시간이 훨씬 지연되기 시작하자 칼리오스는 초조한 마음이 들었다.

이대로 힘겨루기가 이루어지면 그 사이 유델이 죽어버릴 가능성이 높았다.

그가 죽으면 모든 것이 허사가 된다. 전보다 정신 제압이 수월하게 먹히지 않는 것이 그를 더욱 다급하게 만들었다.

"네놈이 자초한 것이다."

살기를 띤 칼리오스는 마음을 굳혔다.

정신을 제압하고 아바타로 만들려고 했지만, 완고한 그의
저항은 이를 불가능하게 만들었다.

그렇다면 다른 방향으로 방법을 선회하는 수밖에 없었다.

머리에 손을 뻗은 뒤 그는 마법을 시전했다. 정신이 제압되
지 않으면 머릿속에 있는 기억을 강제로 뽑아낼 생각이었다.

유델의 육체를 가지고 차원을 넘게 할 생각이었지만, 이것
이 불가능하면 다음 방안이 존재했다.

그것은 바로 기억을 뽑아내어 다른 아바타에게 심어주는
것이다.

그가 인간이기에 차원을 넘을 수 있지만, 대륙에는 무수히
많은 인간이 존재한다. 그들이 유델의 기억을 흡수할 수만 있
다면 타차원으로 향하는 것은 어렵지 않다.

허약해진 그의 육체가 버텨낼 수 있을 확률은 낮았지만, 자
신의 마법을 이십여 일 넘게 버텨낸 악바리였다. 죽기 전에
모든 기억을 뽑아낼 수 있을 거라 확신했다.

더 이상 힘을 주지 못한 유델은 실 끊어진 인형처럼 칼리오
스의 바뀐 대응에 저항하지 못했다.

마법이 시전되어 강제적으로 기억이 뽑혀 올라갈 때, 그는
죽음을 직감했다.

'끝인가.'

상황에서 벗어나는 것이 불가능하다는 걸 알면서도 버텼
던 것은 순전히 칼리오스에게 순순히 끌려가기 싫어서였다.

하지만 그가 다른 방법을 선택한 이상, 대항할 방법 따위는
존재하지 않았다.

　정신을 제압하는 데 성공한 칼리오스는 입가에 미소를 띤
채 기억을 뽑아 올리기 시작했다. 그때, 매서운 기운이 짓쳐
들며 그의 마법을 깨어버렸다.

　"누구냐."

　"네게 반가운 손님은 아니지."

　"너, 너는……."

　칼리오스는 드물게 놀란 표정을 지으며 자기도 모르게 뒤
로 한 걸음 물러서고 말았다. 그곳에는 담담한 표정을 짓고
있는 온화한 인상의 중년인이 서 있었다.

　"네 녀석이 무슨 일이지?"

　"그보다 내게 이 장면을 설명해야 할 텐데? 멀쩡한 인간을
아바타로 삼는 것은 금지되었다는 걸 모르고 있나? 거기다가
기억을 뽑아내려고 했군."

　"큭!"

　불리한 점을 정확하게 짚고 넘어가자 칼리오스의 입에서
억눌린 신음을 흘러나왔다. 당장 눈앞의 녀석을 짓뭉개주고
싶었지만, 그럴 수 없었다. 정면대결로 승부를 장담할 수 없
거니와 자신의 규칙 위반은 향후 여러 실험을 함에 있어 큰
제약을 줄 수 있는 것들이다.

　"규칙을 준수하는 드래곤은 몇 없다만, 운이 나빴군."

중년인은 해골처럼 앙상하게 말라있는 유델을 보고 눈을 빛냈다. 전신을 옭아매던 마법이 사라졌기에 마나를 운용함으로써 빠르게 기능을 되찾아가고 있었다.

유델이 시각을 되찾았을 때, 칼리오스 맞은편에 서 있는 중년인을 발견할 수 있었다.

"대단하군. 드래곤의 마법을 이토록 단시간에 풀어낼 줄은."

"…누구십니까?"

마를 대로 마른 입에서 거친 음성이 흘러나왔다. 거북한 느낌을 풍겼지만, 중년인은 내색하지 않은 채 미소를 지으며 대답했다.

"이곳을 찾아온 손님이라 할 수 있지. 저쪽은 마음에 안 들어 하지만."

칼리오스는 표정을 구긴 채 중년인을 노려보았다.

거의 다 끝난 상황이었다. 그것을 송두리째 무너뜨린 그가 마음에 들 리 없었다.

하지만 아직 기회는 있었다.

그가 알아차린 것은 자신이 규칙을 위반한 것뿐, 사과하고 넘긴 뒤 다시 실행을 하면 되는 일이었다.

"규칙 어긴 것을 인정한다. 그 부분에 대해서 사과하지."

"의외로군, 순순히 사과할 것 같지 않았는데."

그러면서 묘한 미소를 짓자, 칼리오스는 고개를 돌려 외면했다. 그에게 있어 중요한 것은 오랜 시간 들여 준비해온 실험을 성공적으로 끝마치는 것이었다.

"성과에 급급했으니까."

"그렇군. 마법을 익히는 드래곤이 대개 그러고는 하니까. 이해가 돼."

고개를 끄덕이는 중년인을 보면서 칼리오스는 내심 안도의 한숨을 내쉬었다.

드래곤들에게 있어 중년인은 껄끄러운 존재였다. 무력으로 제압하기 힘들거니와 중간계의 조율자라는 이름으로 사사건건 트집을 잡고는 했다. 원리원칙을 고수했기에 상대할수록 위신만 깎이곤 했다.

그 때문에 화를 참지 못한 드래곤 몇몇이 달려들었지만, 전부 당했다는 소식만 전해졌다. 괜한 망신을 사기 싫었던 칼리오스가 고분고분한 이유가 바로 이것이다.

"하지만 세상일은 한쪽 말만 들을 수 없는 법이지."

그렇게 말한 중년인의 시선이 유델에게 향했다. 그는 갑자기 나타난 중년인의 정체를 알 수 없었기에 머뭇거리면서 아무 말도 하지 않았다.

"말하기 어려워 보이는군."

가볍게 손을 젓자 리커버리 마법이 시전 되어 유델의 몸을 휘감았다. 최악의 상황까지 몰려 있던 그의 몸이 어느 정도까지 호전되었다.

"아……."

몸에 힘이 생겨나자 유델의 입에서 나직이 탄성이 흘러나왔다. 반대로 지켜보는 칼리오스의 표정이 찌푸려졌지만, 겉으로 드러내지 않았다.

중년인이 미소를 지으며 말문을 열었다.

"이제 어느 정도 이야기할 체력이 되어 보이는군. 내게 이야기를 해줄 수 있는가?"

"……."

유델은 쉬이 말문을 열 수 없었다. 먼저 중년인이 적인지 아군인지 파악하기 어려웠다. 드래곤은 아니었으나 정체를 알 수 없었기에 어느 쪽이 자신에게 이로울지 생각하기 바빴다.

망설이는 그의 모습에도 불구하고 중년인은 표정을 찌푸리지 않았다. 오히려 입가에 짙은 미소를 지으면서 말했다.

"걱정하지 않아도 되네. 자세히 털어놓으면 자네에게 이익이 되었으면 되었지, 손해가 될 일은 없을 테니."

"그렇습니까?"

"그렇다네. 어차피 인간의 몸으로 드래곤에게서 벗어나는 것은 불가능할 터. 마지막 가능성에 모든 것을 걸어보지 않겠는가?"

"알겠습니다."

중년인의 설득에 넘어간 유델은 자신이 이곳으로 오게 된 내용을 털어놓았다.

모 아니면 도인 상황이었다. 그는 자신이 칼리오스의 실험체가 된 것부터 시작하여 타차원에서 넘어온 내용과 실험 내용에 협력했던 것, 그리고 그가 약속을 어기고 이곳으로 데려온 내용까지 세세하게 설명했다.

말이 이어질수록 칼리오스의 표정은 일그러지고 있었다. 누가 들어도 명백히 자신의 잘못이란 것을 알 수 있었던 것이다.

아니나 다를까, 이야기를 듣고 있던 중년인의 표정은 딱딱하게 굳어 있었다.

그의 시선이 자연스럽게 칼리오스에게 향했다. 강렬한 기세가 휘몰아치자 반사적으로 대응하려 했지만, 자신의 상황을 깨닫고는 저항을 포기했다.

"그렇다는군. 이 부분에 대해서 할 말이 있나?"

"…없다."

"없다면 내가 무슨 결론을 내릴지 알겠군?"

"……."

칼리오스는 대답하지 않았다.

굳이 그의 대답을 바라지 않았기에 중년인이 말을 이어나갔다.

"규칙을 어긴 죄는 무겁지. 그것은 제아무리 중간계의 수호자라고 해도 다르지 않다. 중간계 조율자인 나는 블랙 드래

곤 칼리오스에게 지금 당장 눈앞의 인간에게 사과하고 그의
부탁 하나를 들어줄 것을 용언으로 맹세하라고 명한다."

"내가 그 말을 들을 거라 생각하나?"

"듣지 않는다면 좋지 않은 일이 일어날 거라 말해주지."

"…큭!"

중년인의 전신에서 강렬한 기세가 휘몰아치자 칼리오스의
입에서 억눌린 신음이 흘러나왔다.

그는 중간계 조율자의 왕이었다. 어느 드래곤보다 강한 힘
을 지니고 있었다. 로드가 아니고서는 상대하는 것이 불가능
했기에 자신이 당해내는 것은 불가능했다.

같은 드래곤이라면 그러려니 할 테지만, 눈앞의 조율자는
고지식한 논리를 앞세워 손속에 자비를 두지 않았다.

자존심이 무너졌지만, 이대로 삶을 마감할 수 없었기에 이
를 지그시 깨문 칼리오스가 유델을 노려보다가 고개를 끄덕
였다.

"좋다, 응하지. 규칙을 어기고 실례를 범한 것에 사과한다.
나 블랙 드래곤 칼리오스는 인간이 원하는 어떠한 부탁이라
도 한 가지를 들어주도록 하겠다."

드래곤의 맹세는 그 어떠한 것보다 무거웠다. 드래곤에 대
해 잘 알지 못하기에 유델은 그저 말로 떠드는 것처럼 여겨졌
지만, 당사자인 칼리오스는 모든 자존심을 내팽개친 것과 다
를 바 없었다.

"좋은 결말이군. 순순히 인정해서 기쁘다네."

"…나도 이렇게 해결되어 나쁘지 않군."

전혀 괜찮지 않은 표정을 짓고 있는 그였다. 눈앞의 중년인으로 인해 자신의 실험 모든 것이 망가졌던 것이다. 그것을 아는지 모르는지 중년인은 유델에게 시설을 옮기며 말문을 열었다.

"손해 보기 전에 이곳에서 만나 다행이군. 드래곤의 약속은 절대적인 것. 다시는 자네를 건드리는 일이 없을 테니 안심하게나."

"도움을 주셔서 감사합니다. 성함을 들어볼 수 있겠습니까?"

아무 대가 없이 도움을 준 게 고마웠기에 감사의 인사를 표하는 유델이었다. 담담히 마주 웃어준 그는 자기소개를 했다.

"그러고 보니 내 소개를 하지 않았군. 내 이름은 첸, 거울의 종족을 다스리고 있지."

"거울의 종족이라면……."

"일상에서 접하기 힘들 걸세."

"전설로만 존재하는 줄 알았습니다. 실존할 줄은."

"워낙 나서는 것을 싫어해서 말일세. 그래서 위기를 겪고 있겠지만."

첸의 입가에 씁쓸한 미소가 걸렸지만, 유델이 그 속내까지 짐작할 수 있을 리 없었다. 그는 다시 한 번 고개를 숙이며 감사의 인사를 표했다.

"감사합니다. 도움을 주시지 않았으면 큰일 날 뻔했습니다."

"허허, 이렇게 규칙을 위반하는 걸 찾아내는 것이 내가 해야 할 일이지. 고마워할 필요는 없네."

유델과 첸은 여러 이야기를 나누었다. 불편한 표정을 짓던 칼리오스가 사라지자 두 사람은 자리를 지키고 이야기를 이어나갔다.

첸은 드래곤과 달랐다. 중간계의 조율자라는 것에 자부심이 대단했고, 유델이 인간이라고 하여 얕보는 기색이 없었다. 모든 사물을 동등히 대하고 정의로운 그의 마음에 호감이 절로 들었다.

"드래곤의 약속은 무겁지. 그것을 잘 활용하면 도움이 될 걸세."

"그렇습니까?"

"어떻게 사용하느냐에 따라 다르지. 그나저나 몰골이 아니군. 적잖이 고생을 했겠어."

"솔직히 몇 번이고 포기하고 싶었습니다. 하지만 그때마다 의지를 다져 버텼습니다. 아마 그가 내어준 신검의 힘이 아니었다면 정신이 제압되었을 것입니다."

유델은 아찔했던 그 순간을 떠올리며 고개를 저었다. 다시는 기억하고 싶지 않았다. 현실과 이곳에서의 인연이 없었다면 진즉 모든 것을 포기하고 칼리오스의 꼭두각시 인형이 되었을 것이다.

"다 인연이지. 그나저나 신검이 자네에게 전해졌을 줄은. 세 자루의 신검이 있으면 그랜드 마스터에 오를 수 있지. 어느 정도 익혔나?"

"아직 걸음마 수준입니다."

"그런가? 그 부분은 아쉽군. 내가 예전에 알던 검사가 있었는데 참으로 대단했지. 그가 익힌 부분에 대해서 조금 알고 있는데 조언을 해줘도 되겠나?"

"그래 주시겠습니까?"

"자네 몸 상태는 최악인만큼 한동안 요양을 해야 할 터. 짧은 시간이지만, 내 친우의 깨달음을 전해주도록 하지."

"감사합니다."

유델은 반색하며 첸의 제안을 받아들였다. 앞이 캄캄하여 어디로 나아가야 할지 모르는 그에게 있어 선구자의 깨달음은 큰 도움이 되었다.

그렇게 둘은 칼리오스의 레어를 벗어나 세 달여 동안 함께 지냈다. 그리고 마지막 날, 첸은 유델에게 팔찌 하나를 건네주었다.

"이것은?"

"칼리오스가 사과를 했지만, 다시는 안 하겠다고는 말하지 않았지. 간악한 드래곤이라면 다시 마수를 뻗을 수 있을 것이야. 그때가 되면 팔찌에 마나를 주입하도록. 그럼 내가 가서 도와주도록 하지."

"감사합니다."

첸은 강하면서 자비로운 조율자였다. 유델은 그를 만난 것이 일생일대의 행운이라 여겼다.

"하하, 오랜만에 옛 친우를 만난 기분이야. 나중에 한번 찾아갈 테니 문전박대는 말게나."

"물론입니다."

화기애애한 분위기 속에서 두 사람은 헤어졌다.

왕궁을 떠난 유델이 다시 복귀했을 때 걸린 시간은 반년이었다.

그동안 그가 사라진 것에 대해 여러 의견이 분분했다. 레일리아의 명령을 받아 비밀리에 명령을 수행하고 있다는 말이 있는가 하면, 부상이 악화하여 모처에서 회복 중이란 말도 있었다. 심한 경우에는 부상이 악화하여 죽었는데 죽음을 감추고 있다는 말도 있었다.

유델의 등장할 때는 권력 다툼이 수면 위로 떠오를 시점이었다. 하지만 그가 등장하자 그러한 것은 의미없는 것으로 변질하고 말았다.

이미 최강의 마스터 경지에 올라 국가적인 영웅으로 등극한 그였다. 그가 있는 한 아르셀 공작가는 탄탄한 입지를 유지할 수 있었다.

여러 사람의 환영 속에서 유델은 레일리아의 명을 받아 즉시 대전으로 향해야 했다.

그곳에는 반년 동안 변함없는 모습 그대로 레일리아와 엘리나가 자리하고 있었다. 자세히 보니 반년보다 더 아름다워져 있었다.

"반년 전에 했던 질문에 대해 대답을 듣고 싶어요."

먼저 말문을 연 것은 엘리나였다. 유델과 혼인 약속을 해온 그녀는 그가 없는 삶을 상상조차 할 수 없었다. 반드시 그의 마음을 붙잡겠다는 결의가 두 눈에 가득했다.

"나 또한 마찬가지야."

엘리나에게 미안했지만, 레일리아도 사랑을 포기할 수 없었다. 그녀는 유델이 자신을 선택해주길 바라는 마음으로 그윽한 시선을 보냈다.

"……."

두 여인이 대답을 종용하자 유델은 입을 다물었다. 자신은 반년 동안 사선을 넘나들며 가까스로 복귀할 수 있었지만, 그녀들은 대답을 미루기 위해 사라진 것처럼 여기고 있었다.

황당했지만, 스스로 겪어보기 전에는 모르는 일이었다. 한숨을 푹 내쉰 유델은 고개를 들어 두 여인을 차례대로 바라보았다.

모두 아름다운 여인이다. 먼 곳에서 우러러보아야 할 것만

같은 여인들이 자신만 바라보며 선택을 종용하고 있는 기분은 나쁘지 않았다.

문득 이런 욕심이 들었다.

왜 자신은 하나만 선택해야 하는 걸까.

이곳은 능력이 있으면 삼처사첩을 거느려도 지탄을 받지 않는다.

그 마음 그대로 유델의 입에서 흘러나왔다.

"둘 모두 제게 오면 안 됩니까?"

"……!"

레일리아와 엘리나의 눈에 황당함이 떠올랐다. 지금 무슨 말을 하고 있는 것이란 말인가.

하지만 유델의 말은 계속해서 이어졌다.

"솔직히 두 분 모두 좋습니다. 예전이라면 누군가 하나를 선택했을 테지만, 지금은 그렇지 않네요. 누군가 한 사람이 다른 남자에게 가면 참을 수 없을 것 같고. 그러니 두 분 모두 저와 혼인하면 안 될까요?"

거기까지 말한 유델은 몸을 일으켰다.

생각해보니 대책없이 지른 감이 없지 않아 있었다.

남은 것은 두 자매가 해결해야 할 일.

어떤 결과가 되던 자신의 마음을 밝힌 이상, 결론을 내리는 것은 그녀들의 몫이다.

"그럼 이야기를 나누세요. 전 대답을 기다리고 있겠습니다."

고개를 숙인 유델이 대전을 벗어났다. 둘만 남게 되자 레일리아와 엘리나는 서로 바라보았다. 그리고 어이가 없는지 한숨을 푹 내쉬었다.

에필로그 (1)

“국명을 라이오스로 바꾸고 본국의 등장을 전 대륙에 알리는 바이다.”

와아아아아!

레일리아의 선언과 함께 왕관이 그녀의 머리 위에 씌워지자 거센 함성이 왕도를 뒤흔들었다.

전쟁이 끝난 지 삼 년 후.

점령지인 왕도와 동부 지방은 안정되었고, 라이오스 지방은 전쟁의 여파에서 벗어날 수 있었다.

전후 복구 작업을 거친 뒤, 왕국은 한 차례 거센 파장을 겪어야만 했다.

　권력을 탐한 귀족들의 이전투구가 군사 동원으로 이어질 만큼 심화했던 것이다.

　북부, 서부, 남부로 나뉜 세 계파는 연일 신경전을 벌였고, 이해관계가 좁혀지지 않음에 따라 급기야 왕국이 세 개로 쪼개지는 듯한 분위기가 만들어졌다.

　그것을 중단시킨 것은 유델이었다. 그는 검을 뽑지도 않고 백여 명에 달하는 기사를 기세로 무너뜨린 신위를 선보였다. 인간의 한계를 뛰어넘은 신위에 자리에 모였던 서부, 남부 귀족들은 전의를 잃고 말았다.

　오십여 명의 숙련된 기사라면 마스터를 막을 수 있다는 게 정설이다. 그 배인 백 명이 넘는 기사가 유델의 기세에 무너진 것이다. 이는 그가 마음을 먹으면 이 자리에 있는 모든 이들을 쓸어버릴 수 있다는 뜻이었다.

　든든한 유델의 지원에 힘입어 레일리아는 차곡차곡 권력을 장악해나갔다.

　그리고 삼 년째 되는 날, 그녀는 마침내 왕국의 개국을 선포하고 국명을 라이오스라 칭했다.

　자작의 작위를 받았던 유델은 대공의 작위를 받으며 일인지하 만인지상의 자리에 올랐다.

　그가 대공의 작위를 받은 것은 간단했다.

　여왕으로 즉위한 레일리아의 남편이 되었기 때문이다.

　뿐만 아니라 그녀의 동생인 엘리나 또한 그의 부인이 되었다.

둘 중 하나를 선택하라고 하던 날, 유델은 둘 모두를 선택했고, 자매는 이를 두고 한참 동안 설전을 벌이다가 그의 제안을 받아들이고 말았다.

자매지간의 싸움은 물 베기와 다를 바 없었던 것이다. 유델을 사랑했지만, 서로 생각하는 마음 또한 극진했다. 결국, 누군가 하나가 불행해지느니 한 남자를 받아들이고 살기로 합의를 보았다.

유델에게 있어서 이보다 더 좋은 결말은 없었다.

"우리에게 잘해야 해요. 당신은 우리를 너무 고생시켰어."

"그래, 내가 잘할게."

"알면 잘할 거야. 우리가 두 명이니까 앞으로 괴롭힐 날도 무궁무진하고."

"……."

대수롭지 않게 말하지만, 유델은 속으로 땀을 삘삘 흘려야만 했다.

남들은 그를 두고 왕국을 대표하는 두 명의 미녀를 취했다고 부러워하지만, 실상을 들여다보면 그는 너무나 많은 죄를 지었다.

미녀들의 원망을 받는 것.

보통 남자로서 견뎌낼 수 있을 리 없다.

그녀들에게 속앓이를 하게 만든 장본인으로서 입이 열 개라도 할 말이 없는 입장이었다.

"첫날밤은 저와 보내야 한다는 걸 기억하세요. 이것만큼은 양보할 수 없으니까."

"그래."

"그리고 다른 여인에게 눈을 돌려서도 안 돼요. 이게 무슨 말인지 아시죠?"

"응."

날 선 엘리나의 말에 유델은 연신 고개를 끄덕여야만 했다.

그전까지만 해도 차분한 성격을 지닌 그녀였지만, 계속된 고생으로 인해 지금에 이르러서는 성격이 완전히 바뀌어 있었다.

자기가 할 말을 반드시 하고 만다.

그녀가 이렇게 바뀐 것은 전적으로 자신의 책임이었기에 유델은 뭐라 말을 하지 못한 채 순순히 따르는 모습을 보여야만 했다.

"죄 많은 남자라고 생각해."

"알겠습니다."

모든 것을 얻었지만, 상황은 반대로 뒤집어졌다. 엘리나의 눈빛을 받고 있는 유델은 자기도 모르게 쓴웃음을 짓고 말았다.

룬가드 왕국에서 라이오스 왕국으로 개국한 뒤, 모든 일은 순탄하게 풀려갔다.

왕가를 몰아내는 데 힘을 보탰던 슈미스트 공작가는 남부의 영지를 반납하고 풍요로운 동부 영지로 근거지를 옮겼고, 탈리스 후작가는 중부 지방에서 여러 영지를 얻음으로써 세를 확장했다.

이제는 왕가가 된 아르셀 가문은 중부 지방 대부분을 얻음으로써 북부와 중부에 막강한 영향력을 끼치게 되었다.

여왕에 오른 레일리아는 유델의 전폭적인 지지에 힘입어 권력 기반을 확고히 다지는데 힘썼다.

이미 그랜드 마스터의 경지에 올랐다고 알려진 그의 지지는 곧 기사들의 지지로 이어졌고, 어느 누구도 감히 왕권을 넘보지 못하는 것이 되었다.

하지만 모든 일이 순탄하게 풀려나가는 것만은 아니었다.

"감히!"

분기탱천한 레일리아는 분노를 참지 못하고 자리에서 벌떡 일어서고 말았다.

그녀가 분노하는 이유는 다름 아닌 마법사들의 반란 소식 때문이다.

왕위에 오르기 전, 왕궁에 소속된 마탑 소속 마법사 여러 명이 전 왕가와 내통한 사실이 드러나고 말았다.

레일리아와 귀족들은 즉각 조사에 착수하여 내통한 마법사들을 모조리 처형하고, 마탑에 대한 지원을 대대적으로 축

소했다.

이에 마탑은 반성하기는커녕 도리어 불만을 품었다.

비록 왕국에 속해 있다고 하나 마법사들의 충성심은 기사들과 확연히 달랐다.

새로운 왕국의 푸대접은 그들의 불만을 샀고, 결국 대대적인 반란을 불러일으키고 말았다.

수십 명의 전투 마법사가 왕궁에 침투하여 레일리아를 급습한 사건이 일어난 것이다.

이제는 근위기사로 격상된 피닉스 기사단이 왕궁을 지키고 있었지만, 정작 그녀를 밀착 경호하고 있던 기사는 단 세 명에 불과했다.

전투 마법사는 각종 아티팩트를 활용하여 기사들을 쉬이 제압했다. 그리고 마침내 레일리아가 있는 집무실에 도착했을 때, 그들의 앞을 가로막는 한 사람이 있었다.

"마법사들이 반란을 일으킬 줄은."

"……!"

레일리아를 지키기 위해 나선 것은 다름 아닌 유델이었다.

그의 등장에 마법사들은 동요하기 시작했다.

그랜드 마스터로 알려진 신위는 이미 왕국을 넘어서 전 대륙으로 퍼져 나가고 있는 실정이었다.

누가 감히 그를 막을 수 있단 말인가.

애당초 그들의 목적은 레일리아를 포로로 잡아 막대한 지원금을 뜯어낸 뒤 전 왕가가 있는 곳으로 망명하려고 했다.

하지만 유델이 등장함으로써 계획은 처음부터 어긋날 위기에 처하게 되었다.

"상대는 하나다. 제아무리 마스터라도 우리의 멀티 캐스팅을 당할 수 없다!"

마법사들을 이끄는 노 마법사의 말에 그들은 눈빛을 달리했다. 마스터의 뛰어난 육체 능력은 마법사들에게 부담이 되었지만, 달리 생각하면 수십 명의 마법사가 실행하는 멀티 캐스팅을 이겨낼 수 있을 리 없었다. 희생이 있겠지만, 마법사가 마스터를 상대할 수 있다는 것은 이미 비공식적으로 입증된 사실이다. 그 내용을 떠올린 전투 마법사들은 마음을 차분히 먹고 마법을 캐스팅하기 시작했다.

평범한 마스터였더라면 수십 명의 마법사가 캐스팅하는 마법에 결국 여러 번 허용하고 말았을 것이다. 그들 대다수는 기사가 지닌 항마력에 대해 잘 알고 있으므로 가장 효율적인 마법을 구사할 수 있었다. 아무리 마스터라고 해도 인간인만큼 공격을 허용하면 타격을 입을 수밖에 없다.

하지만 마법을 캐스팅하는 순간, 무언가 잘못되었다는 것을 깨달을 수밖에 없었다.

"커억!"

억눌린 신음이 흘러나옴과 동시에 마법사의 입에서 피가 흘러나왔다. 신체 내부에 저장된 마나를 매개로 대기의 마나를 끌어들이는 순간, 마나가 역류를 하면서 내부를 헤집어놓은 것이다.

더 강한 마법을 구사하기 위해 마법사도 신체를 단련하는 시대였다. 하지만 그들조차도 내상을 이겨내지 못한 채 피를 토하며 차례대로 주저앉았다.

"캐스팅을 멈춰! 멈춰!"

사태의 심각함을 파악한 노마법사의 외침에 몇몇 마법사가 황급히 캐스팅을 취소했다. 그 여파로 인해 내부에서 비릿한 피 맛이 올라왔지만, 겉으로 내색을 하지 않았다.

"무슨 수작을 부린 거냐?"

"눈치가 빠르군."

"이익!"

왕궁으로 진입한 삼십여 명의 마스터 중 스무 명이 전투불능이 되었다. 내상을 입으면 제대로 된 마법을 시전할 수 없다. 왕국 최고의 전투 마법사에서 한순간 쓸모없는 잉여전력으로 격하된 것이다.

"마스터는 단순히 주변에 영향을 끼치지만, 그랜드 마스터는 공간 자체를 지배할 수 있지. 이 차이는 생각보다 크다고 할 수 있고."

"뭐? 그렇다면……."

"이만 끝내지."

반란을 일으킨 자들과 상종할 생각이 없었던 유델은 검을 뽑아들고 움직였다. 바람과도 같은 그의 몸놀림에 남아 있던 십여 명의 마법사는 제대로 된 저항조차 못한 채 사로잡혀야만 했다.

큰 피해 없이 반란을 진압했지만, 라이오스 왕국이 입은 타격은 막대했다.

마탑에 소속된 마법사 대부분이 왕국을 탈출하여 국외로 망명했던 것이다. 이로 인해 라이오스 왕국은 지니고 있던 마법 전력 대부분을 상실하고 말았다.

이 사건으로 인해 레일리아는 마법사에 대한 지원을 대대적으로 축소할 거라 천명했다.

마법사는 왕국에 대한 충성심보다 개인의 욕심이 앞서 있는 족속들이다. 그들의 존재는 언제 터질지 모르는 폭탄을 지니고 있는 것과 같았기에 그녀는 확고한 의지로서 마법사 전력 대신 기사 전력에 대대적인 투자를 약속했다.

소속되어 있던 마법사 전력이 남부 대륙 최강에 속해 있는 것을 감안하면 큰 피해였지만, 권력을 안정시켜야 하는 레일리아로서는 반란을 일으킨 족속들을 끌어안아야 할 이유가 없었다.

마법사 전력을 모두 잃었지만, 라이오스 왕국은 어떠한 외침에도 시달리지 않았다.

모든 것이 유델의 존재 덕분이다. 그랜드 마스터에 올랐다고 알려진 그는 이제 갓 삼십대 중반의 나이에 불과했다. 앞으로 살아갈 날이 무궁무진한 그는 남부 대륙의 절대자로서 전쟁 억지력을 지니고 있었다.

평화로운 라이오스 왕국과 달리 아슬론 왕국과 랜필드 왕국은 몇 년 전부터 피튀기는 전쟁을 벌이고 있었다. 제르앙 백작을 잃은 알렉시온 국왕은 랜필드 왕국을 점령함으로써 라이오스 왕국과 대등하게 맞설 전력을 양산하려고 했던 것이다. 건국 초기였고, 이후에 마법사들의 반란이 일어나 극심한 전력 공백을 겪어야 했기에 라이오스 왕국은 어떠한 개입도 하지 못한 채 지켜볼 수밖에 없었다.

아슬론 왕국과 랜필드 왕국의 전쟁은 치열하게 전개되었다. 초기에 아슬론 왕국이 우위를 점했지만, 이는 오래 이어지지 않았다. 거점 여러 개를 빼앗긴 랜필드 왕국이 대대적으로 반격을 가함으로써 일진일퇴의 상황이 이어지고 있던 것이다.

어느 쪽이 승리하든 남부 대륙 정세에 큰 영향을 끼칠 것임이 분명했다. 레일리아는 모든 정보망을 동원하여 두 왕국의 전쟁에 신경을 기울였다.

그리고 몇 년 동안 전쟁이 이어지며 소강상태로 접어들 무렵, 충격적인 소식이 전해졌다.

"랜필드 왕국이 멸망했다고 합니다!"

"어째서……?"

레일리아는 충격을 받은 표정으로 전령에게 물었다. 기사 숫자와 병사 규모는 물론, 마스터 숫자까지 비등하던 양국이다. 큰 실수를 범하더라도 능히 몇 년은 버텨낼 능력이 있었다. 그런 곳이 하루아침에 멸망했다고 하니 이해가 되지 않을 수밖에 없었다.

전령의 보고가 이루어졌다.

"랜필드 왕국이 뒤통수를 맞았습니다. 해적 군도에서 출발한 병력이 랜필드 왕국에 상륙했고, 그들은 지방 군벌과 힘을 합쳐 왕도를 함락시켰다고 합니다."

"해적 군도라고 함은……."

"전 왕가입니다, 국왕 전하!"

"……!"

충격을 받은 레일리아는 멍한 표정을 감추지 못했다. 왕국을 버리고 떠난 전 왕가가 이 자리에서 등장하리라고는 생각지도 못했던 것이다.

전령은 자세한 내용을 보고했다.

"랜필드 왕국은 여러 군소 왕국과 대귀족들의 연합체입니다. 록스텔 국왕의 능력이 뛰어나 불만요소가 겉으로 드러나지 않았지만, 오랜 전쟁으로 불만이 팽배한 상황이었습니다."

데이비드 후작의 죽음이 그러했고, 아슬론 왕국과의 전쟁도 그러했다.

그들과의 전투에서 패배함으로써 록스텔 국왕의 입지는 크게 약화하였다. 그러던 중 아슬론 왕국과 전쟁이 일어나고, 장기전으로 이어지면서 군벌과 대귀족들은 불만이 커질 수밖에 없었다.

그 틈을 비집고 들어간 것은 전 왕가였다.

해적 군도에 둥지를 틀었지만, 그들의 전력은 막강했다. 근위기사단의 전력이 건재했고, 해군 전력까지 합치면 오만이 넘는 군세를 유지하고 있었다. 여기에 반란이 실패하면서 망명한 마법사들까지 합치자, 그 누구도 무시할 수 없는 전력을 갖추게 되었다.

"전 왕가는 군벌과 대귀족들에게 협상을 제안했습니다. 그리고 왕도까지 무혈입성으로 진군하여 마침내 그곳을 점령했습니다."

"……."

레일리아는 한동안 아무 말도 하지 않았다. 전 왕가의 존재는 그녀의 머릿속을 어지럽히기에 부족함이 없었다.

왕도를 무너뜨린 전 왕가는 곧바로 군벌과 힘을 합쳐 남은 랜필드 왕국의 잔여 병력을 소탕했고, 요새에 틀어박혀 아슬론 왕국군을 막아내기 시작했다. 비록 영토 상당 부분을 잃었지만, 유리한 고지에서 틀어박히고 대응을 하지 않으니, 아슬론 왕국으로서도 더 이상 전쟁을 수행하지 못한 채 휴전 협정을 맺어야만 했다.

그동안 왕국을 이끌던 록스텔 국왕은 앞뒤로 포위되어 포로로 전락하여 참수당하는 비운을 겪어야 했다.

왕도를 장악한 그들은 국호를 변경하여 카늘이라 칭했다. 고대 언어로 다시 일어섰다라고 뜻하는 카늘은 전 왕가의 새로운 비상을 뜻했다.

카늘 왕국은 연합체 방식으로 이루어졌다. 곳곳에 막강한 군사력을 지닌 군벌과 대귀족들이 각 지방을 다스리는 형식이었고, 새로 자리한 왕가는 전 왕가가 지배하던 영역을 다스리는 형태였다.

그들은 마법사 전력에 대대적인 투자를 했고, 사람들은 카늘 왕국을 남부 대륙 최대 마법사 전력을 보유했다고 하여 마법왕국이라 불렀다.

랜필드 왕국이 멸망하고 카늘 마법왕국이 들어서는 등, 남부 대륙의 정세는 끝없이 변화하고 있었다.

아슬론 왕국과 카늘 마법왕국 모두 오랫동안 전쟁을 지속했기에 전쟁을 일으킬 여력이 존재하지 않았다.

라이오스 왕국 귀족들은 이 틈을 놓치지 말자고 주장했다. 두 왕국이 힘을 잃은 지금, 널리 세를 떨치고 라이오스란 국명을 대륙 전체에 알릴 기회란 것이 그들의 주장이었다.

레일리아 또한 그 의견에 어느 정도 동의하는 바였다. 유델이란 존재가 있어 왕국이 안정되었지만 그 속으로 몇 년 동안 이어졌던 전쟁과, 그동안 쌓아온 힘이 분출할 곳이 필요했다.

모든 분위기가 전쟁으로 향하고 있을 무렵, 급보가 왕궁에 전달되었다.

동부 해안에 무려 십만이 넘는 군사가 상륙했다는 내용이었다.

"십만? 설마 카늘 마법왕국이?"

"아닙니다! 극비에 의하면 카늘 마법왕국의 해군전력 대부분이 상실되었다고 합니다. 무엇보다 저들이 내건 깃발은 카늘 마법왕국의 것이 아닙니다."

"그럼?"

"저들이 내건 깃발은… 바로 암흑왕국을 상징하는 것입니다."

전령의 보고에 레일리아는 놀란 마음을 다스려야 했다. 암흑왕국은 대륙 최북단에 위치한 곳으로서, 마왕 클로라이네를 모시는 종교 국가였다. 그들은 흑마법에 정통하여, 전 대륙이 두려워하는 국가 중 하나였다.

그들이 무슨 이유로 최남단에 위치한 라이오스 왕국을 침공했단 말인가.

"보고에 의하면 저들을 이끌고 있는 것이 아벨로아 공작이라고 합니다."

"아벨로아 공작!"

아버지 아르셀 공작을 죽음으로 몰아넣은 그의 이름을 이곳에서 들을 줄은 꿈에도 몰랐던 레일리아였다. 분노에 물든 그녀는 즉시 회의를 소집했다. 암흑왕국이 침공한 이상, 망설일 여지는 어디에도 존재하지 않았다.

동부 해안에 상륙한 암흑왕국은 파상공세를 펼쳐 라이오스 왕국을 유린했다. 십만에 달하는 그들의 위용은 두세 배가 넘는 위력을 발휘했고, 선두에서 신위를 발휘하는 아벨로아 공작과 암흑기사들은 적 기사단을 어렵지 않게 격파하고는 했다.

동부 지방을 다스리는 맹주, 슈미스트 공작가는 오만의 병사를 끌어모아 항전했다. 왕도에서 십만에 달하는 지원군이 조직되어 파견된다는 정보를 전해 들었기에 최대한 시간을 끌 요량이었다.

하지만 그들의 저항은 채 일주일도 이어지지 못했다.

"약하군."

"어떻게 이런 힘을……."

"전력을 드러내지 않았을 뿐이다. 낙후된 남부 지방 검사들에게 내가 전력을 다할 이유는 없지."

미소 짓고 있는 아벨로아 공작의 모습에 쓰러져 있던 그는 아무 말도 할 수 없었다. 동급의 반열에 오른 것으로 평가받던 그로서는 모든 것이 인정하기 싫은 현실이었다. 하지만 아벨로아 공작은 소름이 끼칠 정도로 강했고, 왕국 최강의 검사

중 하나로 꼽히던 자신조차도 채 세 합조차 겨루지 못하고 무너져야 했다.

동부 지방 최강의 검사, 반데르트 자작은 이렇다 할 저항조차 하지 못한 채 무너지고 말았다.

지원군이 암흑왕국과 마주했을 때에는 이미 동부 지방 대부분이 그들의 수중에 떨어져 있었다.

총사령관으로 임명된 유델은 암흑왕국과 조우하는 즉시, 선두로 나섰다.

그 또한 암흑왕국에 대해서 전해 들은 바가 있었다. 점령지에 주둔하는 날이 길어지면 길어질수록 그들이 발휘할 수 있는 힘이 더욱 강해진다는 정보다.

그것을 막기 위해서는 속전속결로 전쟁을 매듭지을 필요가 있었다. 지원군의 사기는 말이 아니었기에 자신이 나서서 상황을 반전시켜야 했다.

그의 등장에 암흑왕국 측 진영에서도 곧바로 한 사람이 모습을 드러냈다.

"아벨로아 공작!"

"호오, 많이 성장했군."

유델을 바라보는 아벨로아 공작의 눈에는 호기심이 가득했다.

얼마 전까지만 해도 그저 뛰어난 인재에 불과했던 녀석이 이제는 자신을 위협할 정도로 성장했다는 점이 흥미로웠다.

지금 이 순간에도 그러했다. 자신의 기세를 아무렇지 않게 받아넘기는 것으로 보아 얼마 전 처리했던 반데르트 자작보다 높은 경지에 도달했다는 걸 알 수 있었다.

"가문의 원수가 나타났군."

"가문의 원수라, 후후! 그때를 말하는 건가?"

아벨로아 공작은 아르셀 공작을 베어 넘기던 순간을 떠올리며 입꼬리를 말아 올렸다. 마스터치고 뛰어났지만, 그는 검사로서 무용보다 군주로서 뛰어남을 자랑하던 인물이었다. 눈을 빛낸 그가 날카로운 목소리로 유델에게 말했다.

"대세를 뒤집을 수 없는 법이지. 당시 내가 그를 제거한 것도, 오늘 너를 제거하는 것도 마찬가지다."

"그게 쉬울 거라 생각하지 마라. 나 또한 예전의 내가 아니니까."

"그럴까? 흐흐, 오랜만에 손맛을 느껴볼 수 있겠군."

유델에게서 느껴지는 기세는 최소 마스터의 비기를 습득한 정도였기에 아벨로아 공작은 기꺼이 그의 오만을 받아들였다.

그의 진실한 정체는 다름 아닌 암흑왕국의 세 공작 중 한 명이었다.

세 명의 공작이 다스리는 암흑왕국은 신으로 모시는 마왕 클로라이네를 제외하면 가장 높은 작위에 해당한다.

암흑왕국은 대륙 북부에 위치하여 큰 성세를 자랑했지만,

그 여파가 대륙에 널리 끼치지 못했다.

대륙 중부 국가들은 암흑왕국이 지닌 힘을 잘 알고 있었기에 경계를 게을리하지 않았다. 자국의 영토를 넘어서면 전력이 약화하고, 준비된 적을 맞이해야 했기에 암흑왕국으로서는 대륙 중부에 위치한 모든 국가와 전쟁을 벌이는 게 부담이 될 수밖에 없었다.

아벨로아 공작은 그러던 상황에서 암흑왕국의 악명이 알려지지 않은 대륙 남부 국가들에게 세력을 뻗치고자 했다. 그 후, 룬가드 왕국에 잠입하여 차례차례 강적들을 제거한 뒤 암흑왕국의 전력을 끌고 오려고 한 것이다.

비록 예상을 뛰어넘는 움직임 때문에 철수할 수밖에 없었지만, 자신이 이끌고 온 십만의 군대라면 충분히 이곳을 점령할 수 있으리라 생각했다.

"부디 날 즐겁게 해줬으면 좋겠군."

"실망시키지 않지."

날카롭게 눈을 빛낸 유델이 검을 들었다.

두 검사의 대결은 치열하게 전개되었다. 아벨로아 공작은 암흑왕국 영토 내가 아님에도 불구하고 유델이 맞선 그 어떠한 마스터보다 뛰어난 실력을 발휘했다.

그가 상대한 가장 강한 적인 제르앙 백작에 근접한 신위를 발휘하고 있던 것이다. 그랜드 마스터는 아니었지만, 어

둠의 마나로 강화된 신체는 마스터의 비기를 허용 수치까지
발휘하게끔 만들었다. 능수능란하게 이어지는 기교는 나무
랄 곳이 없었지만, 그가 상대하는 이는 다름 아닌 유델이었
다.

세 자루의 신검이 지닌 힘을 모두 터득한 유델은 이미 그랜
드 마스터에 올라 있었다. 정신, 육체, 마나를 자유자재로 다
룰 수 있는 그의 신위는 인간의 한계를 뛰어넘어 검사로서 도
달할 수 있는 궁극의 경지에 도달해 있었다.

시간이 흐를수록 유델이 우위를 점하기 시작했고, 아벨로
아 공작의 얼굴에 경악이 번져나갔다.

"믿을 수 없다."

"이게 현실이라는 것은 바뀌지 않는 법."

긴 시간 동안 검을 맞댄 끝에 유델의 검이 아벨로아 공작의
목을 갈랐다. 경악한 채 목이 잘려나간 그의 얼굴은 아직도
현실과 꿈의 경계를 오가고 있었다.

만약 그가 온전한 힘을 발휘할 수 있는 곳에서 싸웠다면 대
결은 좀 더 길어졌을 것이다. 하지만 그는 유델을 얕봤고, 그
랜드 마스터에 오른 그의 신위는 압도하기에 충분했다.

유델은 그의 목을 챙겨 든 뒤, 기사들을 이끌고 곧바로 암
흑왕국군을 격파했다. 그들은 필사적으로 항전했지만, 그랜
드 마스터인 유델의 신위 아래 왕국 멀리 밀려나야만 했다.

암흑왕국의 군대는 유델이 이끄는 지원군에게 토벌되었다.

왕국 백성들은 자국의 영웅인 유델의 활약에 열광했다. 암흑왕국은 저 멀리서 전해지는 악명만큼 대단한 존재였다. 하지만 유델의 압도적인 신위 아래 그들은 꽁지에 불붙은 개 마냥 도망을 쳐야만 했다.

유델은 아벨로아 공작의 목을 들고 왕궁으로 귀환했다. 그를 반긴 레일리아는 아버지를 죽였던 아벨로아 공작의 목을 보고 몸을 가늘게 떨었다.

"드디어 아버지의 복수를 했군요."

눈을 지그시 감은 레일리아는 아벨로아 공작의 목을 효시하도록 명령했다. 시간이 흘렀음에도 원한은 가시지 않았지만, 여왕으로서 해야 할 일들은 지켜야 했다.

왕국의 영웅이 되었지만, 유델의 일상은 달라진 바가 없었다.

어느 날, 그는 돌연 레일리아에게 휴가를 신청했다.

"잠시 왕국을 둘러보고자 합니다."

"어느 정도가 필요한데?"

"일 년이면 충분할 것 같습니다."

"그렇게 하도록 해."

"감사합니다."

레일리아의 허락을 얻은 유델은 감사의 인사를 표한 뒤 곧

바로 왕궁을 벗어났다. 그가 가장 먼저 향한 곳은 왕가의 직
할령인 구 아르셀 공작령이다. 추억이 많은 그곳을 둘러본 그
의 발걸음은 북으로 향했다.

　며칠 동안 이어진 여정 끝에 도착한 곳은 중간 규모의 마을
이었다. 예전에는 몬스터 침공에 두려워하던 곳이지만, 주변
일대가 모두 토벌됨으로써 안정을 찾은 곳이기도 했다.

　유델의 발걸음은 마을 곳곳을 누볐다. 전보다 훨씬 규모가
커졌지만, 곳곳에 알아볼 수 있는 흔적들이 남아 있었다.

　"아……."

　어느 한 곳에 도달하자, 그의 입에서 나직한 감탄사가 흘러
나왔다.

　그의 시선이 향하는 곳.

　그곳에는 다정한 가족의 모습이 눈에 들어왔다.

　듬직한 체구를 지닌 중년인과 눈가에 주름이 잡히기 시작
한 삼십대 중반의 여인이 보였다. 십 세 전후로 보이는 여자
아이는 아버지로 보이는 중년인에게 안겨 재잘재잘 떠들고
있었다.

　"잘 지내는구나."

　유델의 입가에 만족스러운 미소가 걸렸다.

　그가 레일리아에게 휴가를 얻어 떠난 것은 오랫동안 이어
진 반복된 생활에 질린 것도 있었지만, 마음의 안정이 필요했
다.

그 안정이란, 지난날 겪어온 것들을 매듭짓기 위한 시간이었다.

유델이 서 있는 이곳은 마스터의 경지에 올랐을 무렵, 신세를 졌던 마을이다. 지금은 영주의 지배 아래 놓였지만, 과거에는 화전민촌으로서 몬스터 침공에 늘 두려워하던 곳이었다. 그곳에서 유델이 신세졌던 집의 딸인 안나는 유델에게 사랑을 고백했었다. 하지만 그는 그녀의 마음을 받아들이지 못하고 떠나야만 했다.

십여 년의 시간이 흐른 지금.

다시 찾은 그녀는 세월의 흐름이 얼굴에 느껴졌다. 언제고 기다리겠다던 그녀는 다른 남자와 혼인을 했지만, 그때보다 더욱 밝아지고, 행복이 깃든 모습에 한결 마음의 짐을 덜어놓을 수 있었다.

"행복하면 됐다."

그것이 유델의 솔직한 마음이었다.

안나의 행복한 모습을 본 그는 발걸음을 옮겼다. 여기 오기 전 무거웠던 마음이 한결 가벼워지는 기분이었다.

세월이 흐르면서 라이오스 왕국의 국력은 나날이 성장했다.

암흑왕국의 침공이 국력에 큰 손실을 불러일으켰지만, 동부 지방이 온전히 국왕 직할령으로 들어옴으로써 힘의 응집을 불러왔다.

레일리아가 여왕으로 즉위한 지 이십 년이 되던 해, 그녀는 마침내 북벌의 야심을 드러냈다.

"아슬론 왕국을 치고 카늘 마법왕국을 벌하도록 하겠다."

북부 초원 교역로를 독점한 아슬론 왕국은 강대했지만, 카늘 마법왕국과 거듭 충돌을 하면서 전력이 약화한 상황이었다. 그 틈을 타고 라이오스 왕국이 대대적으로 진군하니, 그야말로 파죽지세였다.

총사령관으로 임명된 유델은 종횡무진 전장을 누비며 아슬론 왕국을 점령해나갔다.

그랜드 마스터에 오른 그를 막을 자는 아무도 없었다. 마지막 왕도에 도달했을 때, 무려 세 명의 마스터가 합공을 시도했지만, 유델의 검에 모두 죽음을 맞이하고 말았다.

"결국, 이날이 찾아오고 말았군."

라이오스 왕국군에게 점령당한 왕궁 대전에서, 알렉시온 국왕은 홀로 유델을 맞이했다.

오십대 후반에 접어든 그는 젊은 날 당당한 풍채가 아닌 초로인이 되어 있었다. 마음고생이 심했던 그는 눈 밑에 짙은 다크 서클이 드리워 있었다.

"그대를 제거하지 못하는 순간, 이런 날이 올지도 모른다는 생각을 했다. 내심 생각만 했을 뿐, 그날이 찾아오리라 생각지도 않았지. 하지만 그날이 마침내 찾아오고 말았구나."

"……."

유델은 아무 말도 하지 않은 채 알렉시온 국왕을 바라보았다.

적으로 만나지 않았다면 그는 따르고 싶을 만큼 매력적인 인물이었다. 하지만 그는 자신이 사랑하는 여자를 탐냈으며, 매사에 모든 것을 욕심내던 탐욕스러운 인물이었다.

"나 자신을 스스로 태양왕이라 칭하며 영웅이라 생각했다. 하지만 승리의 여신은 내게 웃어주지 않는구나."

안타까움을 드러낸 그는 몸을 잘게 떨더니 이내 고개를 떨구고 말았다. 스스로 목숨을 끊은 것이다. 그 모습을 물끄러미 지켜보던 유델은 주변을 둘러보며 명했다.

"아슬론 왕국의 태양왕이다. 예의를 갖춰 장례를 치르도록."

"알겠습니다!"

명령을 받은 기사들이 움직였다. 알렉시온 국왕의 죽음은 아슬론 왕국의 멸망을 뜻했다.

모든 것이 순탄하게 흘러갔다.

그랜드 마스터에 오른 유델의 무위를 넘보는 자는 아무도 없었고, 그의 전폭적인 지지 아래 라이오스 왕국은 최고의 전성기를 누렸다.

아슬론 왕국까지 집어삼킨 라이오스 왕국은 일약 남부 최

대 강국으로 떠올랐다. 레일리아는 여세를 몰아 카늘 마법왕
국까지 점령하고자 했지만 내부에서 일어나는 반란과 중부
대륙 왕국과 손을 잡은 카늘 마법왕국의 발 빠른 대처에 시기
를 놓치고 말았다.

"……."

유델은 하늘을 바라보았다.

세상의 모든 것을 자신 아래 놓아두었고, 사랑하는 부인들
과 근심없는 행복한 나날을 보내고 있다.

이보다 더 성공한 인생은 어디에 있을까.

한때는 꿈의 세계라 하여 이곳의 모든 것을 부정했지만, 이
제는 또 다른 삶이란 걸 느낄 수 있었다.

"나는 지금 행복하다고 자신있게 말할 수 있군."

누구에게도 말할 수 없는 자신의 비밀.

그리고 또 다른 삶.

하지만 후회는 없고, 앞으로 이어갈 삶에 기꺼이 미소를 지
을 수 있었다.

에필로그 (2)

"허어!"

정열은 자기도 모르게 감탄사를 흘리고 말았다. 눈앞에 드러난 것이 사실인지 아닌지 분간이 가지 않을 정도로 충격적이었다.

고등학교를 졸업한 기준은 곧바로 입영을 신청했다. 아버지가 국가유공자였기에 그는 고작 반년간의 병역 의무만으로 모든 것을 해결할 수 있었다.

이후, 그는 정열과 약속한 프로젝트를 실행했다.

능력을 보이라고 했던 그.

무리한 요구라 할 수 있음에도 불구하고 기준은 아무런 불만 없이 회사 업무를 수행해나가기 시작했다.

처음에는 잡음이 많았다.

그의 나이는 불과 스무 살에 불과했다. 하나의 팀을 꾸리고, 그것을 토대로 단기간에 성과를 낸다는 것은 불가능에 가까운 일이었다.

하지만 이러한 잡음도 잠시, 기준은 놀라울 정도의 장악력을 보이며 팀을 꽉 틀어쥘 수 있었다.

그보다 훨씬 나이가 많음에도 불구하고 직원들은 기준을 팀장으로 대우하며 깍듯이 모셨다.

그들도 자신이 왜 이러는지 이유를 몰랐다. 기준이 또 다른 삶에서 유델로서 수천 명에 달하는 기사를 이끌고, 수십만의 대군을 이끈 경험이 이곳에 녹아 있는 걸 알 리 없었던 것이다.

유능한 직원들을 움켜쥔 기준은 적재적소에 배치함으로써 최소의 지원으로 최대의 효과를 내기 시작했다. 이후, 프로젝트를 실행하여 대박을 터뜨리기 시작했고, 연이어 성과물을 가져오기 시작했다.

그뿐인가.

연구팀에게 지시하면서 기준이 내어준 것을 토대로 J그룹은 획기적인 신제품을 연달아 개발했다. 유능한 팀은 누구도 범접하지 못할 특허 방어권을 걸어버렸고, J그룹의 전 세계적인 유통망을 통해 상상을 초월하는 부를 거둘 수 있었다.

이로 인해 기준은 단기간에 국내에서 가장 큰 부자가 될 수 있었다. 할아버지인 정열은 물론, 외삼촌인 세호와 세진을 뛰어넘는 부자가 된 것이다. 단 하나의 기업을 물려받았을 뿐이지만, 그 가치는 국내 최고를 달리고 있었고, 황금알을 낳는 프로젝트를 연달아 성공하게 하고 있었다.

"네가 이렇게 성공할 줄은 몰랐다."

"어렵긴 했습니다만 불가능한 것은 아니더군요."

"허, 허허!"

정열은 그답지 않게 헛웃음을 흘리고 말았다. 국내는 물론 세계를 발칵 뒤집어놓은 기준의 입에서 흘러나온 말치고 너무나 간단했다.

"그래, 그 돈을 다 어떻게 할 생각이냐?"

큰돈을 벌어들였지만, 그것이 영원할 리 없었다. 벌어들인 돈을 어떻게 관리하느냐에 따라 더 큰 부를 낳을 수 있고, 여태까지 벌어놓은 돈을 몽땅 잃을 수도 있었다.

"필요한 것 이외에는 기부할 생각입니다."

"뭐?"

"요즘 기업인 중 제대로 된 노블레스 오블리주를 실천하는 사람이 없지 않습니까? 제대로 하는 사람이 없으니 저라도 해보려고 합니다."

"네가 벌어들인 돈이 얼마인지 알고도 하는 소리냐?"

"알고 하는 소리입니다. 소화할 능력 이상의 것은 귀찮은

짐 덩어리죠."

이미 꿈의 세계에서 모든 부와 권력을 쥐어봤기에 큰 욕심이 없는 기준이었다.

그의 고집스러운 모습에 정열은 아무 말도 할 수 없었다.

이제 스무 살인 그는 국내 최고의 부자가 되어 있었고, 자신의 조언이 필요하지 않을 만큼 노련함과 과단성을 동시에 지니고 있었다.

여기에서 더 참견을 해봤자 잔소리만 될 뿐이다. 고개를 젓던 그가 기준에게 했던 말을 떠올리며 말했다.

"약속대로 네게 기업을 물려주겠다."

"아닙니다."

"뭐?"

"전 할아버지의 회사를 물려받을 생각이 없습니다. 이미 유능한 삼촌들이 계시는데 제가 왜 회사를 물려받아야 합니까?"

"그 녀석들은 회사를 키울 능력이 부족하다."

"J그룹은 이미 세계적인 기업이 되었습니다. 앞으로는 위로 올라가는 것보다 자리를 보전하고 주변을 둘러보아야 합니다. 앞만 보면 언젠가 넘어지게 마련이죠."

"……"

정열은 불만족스러운 표정을 지었다. 두 아들에게 회사를 물려줄 생각을 안 했다면 거짓이다. 하지만 아무리 봐도 둘은

자신이 평생에 걸쳐 일궈낸 기업을 온전히 키워낼 수 있을 것
같지 않았다.

"전 지금으로도 충분해요. 할아버지도 좀 더 시각을 달리
하셔서 삼촌들에게 기회를 주셨으면 좋겠어요. 채찍질을 당
했을 때 제 능력을 발휘하는 사람도 있지만, 반대로 칭찬을
받았을 때 제 능력을 발휘하는 사람도 있는 법이니."

"음!"

낮은 신음이 흘러나왔지만, 정열은 더 언급하지 않았다. 그
것이 고집의 발로인지, 아니면 한 번 고려해보겠다는 것인지
아는 사람은 아무도 없었다.

"부자 오빠 납시셨네."

"그게 무슨 말버릇이에요. 오셨어요?"

집으로 향하자 아현이 특유의 말투로 깐족거리며 인사를
해왔다. 아영이 타박을 했지만, 아현은 듣는 시늉도 하지 않
은 채 초롱초롱한 눈으로 기준을 바라보았다.

그 눈빛의 의미를 모를 리 없는 기준이었다. 하지만 고개를
돌려 외면했다.

"그런다고 용돈 없다."

"뭐? 이씨! 돈도 많이 벌면서."

"그게 내가 버는 거냐, 회사에서 버는 거지."

"이 쫀쫀이!"

도발하듯 외치지만, 이미 여러 차례 용돈을 주었던 기준은
매몰차게 아현을 외면했다.

"너한테 용돈 안 주고 그냥 쫀쫀이 하마."

"이익!"

아현의 이를 가는 소리가 들려왔지만, 기준은 본체만체하
며 아영에게 시선을 옮기면서 지갑에서 돈을 꺼내 내밀었다.

"요즘 용돈 부족하지? 자, 받아라."

"어, 난 괜찮은데……."

"받으라면 받아. 넌 아현이랑 달리 참고서 사는 것 때문에
돈이 부족하다는 걸 알고 있으니까."

"고마워요."

"절대 아현이 나눠주지 말고."

기준이 얄밉게 눈을 찡긋하자 폭발해버린 아현이 바락바
락 소리를 질렀다.

"이 나쁜 오빠야!"

"이크!"

사납게 달려드는 여동생을 피해 방으로 도망친 기준은 지
나온 나날들을 떠올렸다.

모든 것이 행복한 나날이었다.

현실에서 자신은 성공한 기업가로서 제 뜻을 펼칠 수 있었
고, 꿈의 세계에서는 대륙 최고의 검사로서 아름다운 부인들
과 함께 하루하루를 보냈다.

누구에게도 말할 수 없는 이중생활.

　기준에게는 어느 곳이나 모두 자신의 세계였고, 놓치기 싫
은 삶이었다.

"이게 진정한 행복이겠지."

불행했던 자신의 삶을 떠올린 그는 입가에 미소를 지었다.

행복하지 않으면 나올 수 없는 그러한 미소를.

『드림워커』 완결

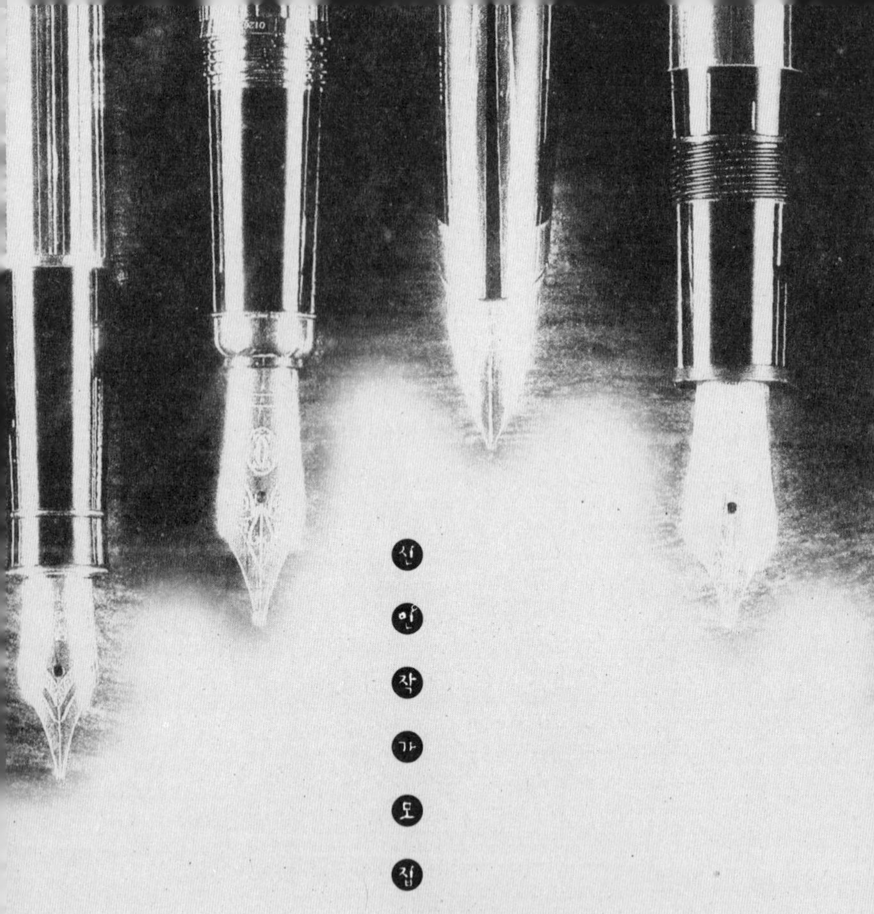

THE KNIGHTS OF SQUARE

아더왕과 각탁의 기사

홍정훈 판타지 장편 소설

『비상하는 매』의 신선함, 『더 로그』의 치열함,
『월야환담』의 생동감.

그 모든 장점을 하나로 뭉쳐 만든 홍정훈식 판타지 팩션!

아더왕과 원탁의 기사.

전설의 검 엑스칼리버의 가호 아래 역사에 길이 남을 대왕국을 건설한
위대한 왕과 그의 충직한 기사들.

"…난 왜 이리 조건이 가혹해?!"

그 역사의 한복판에 나타난 이질적 존재, 요타!
수도사 킬워드의 신분을 빌려 아트릭스의 영주가 되어 천재적인 지략과 위압적인 신위를 휘두르며
아더왕이 다스리는 브리타니아에 정면으로 반기를 든다!

전설과 같이 시공을 뛰어넘어
새로운 아더왕의 이야기가 우리 앞에 나타난다!

Book Publishing CHUNGEORAM

김동신 퓨전 판타지 소설

모든 마수의 왕 베히모스.

그의 유일한 전인 파괴의 마공작 베르키.
마계를 피로 물들이고 공포로 군림했던 그가
드디어… 꿈에 그리던 한국으로 돌아왔다.

**"친구들아,
나 권태령이 드디어 돌아왔어!"**

피로 물들었던 마계의 나날을 잊고
가족과도 같은 친구들과 지내는 생활.
그 일상을 방해하는 자들은 결코 용서치 않는다!

살기가 휘몰아치는 황금안을 깨우지 말라!
오감을 조여오는 강렬한 퓨전 판타지의 귀환!

Book Publishing CHUNGEORAM

유행이 아닌 자유추구 -
WWW.chungeoram.com